穿越时间的雪

——李家宁上刊作品选

李家宁　著

華文出版社
SINO-CULTURE PRESS

图书在版编目（C I P）数据

穿越时间的雪/李家宁　著.—北京：华文出版社 2023.12

ISBN978-7-5075-5919-4

Ⅰ.①穿…　Ⅱ.①李…　Ⅲ. ①诗词－作品集—中国当代

Ⅳ.①I227

中国国家版本馆 CIP 数据核字(2023)第 252741 号

穿越时间的雪

著　　者： 李家宁
责任编辑： 景洋子
装帧设计： 燚轩文化
出　　版： 华文出版社
地　　址： 北京市西城区广外大街 305 号 8 区 2 号楼
邮政编码： 100055
网　　址： http://www.hwcbs.com.cn
电　　话： 编辑部 010-58336252　发行部 010-58336202
经　　销： 新华书店
印　　刷： 济南普林达印务有限公司
开　　本： 145mm×210mm　大 32 开
印　　张： 10.5
字　　数： 200 千
版　　次： 2023 年 12 月　第 1 版
印　　次： 2024 年 1 月　第 1 次印刷
标准书号： 978-7-5075-5919-4
定　　价： 58.00 元

与《穿越时间的雪》相遇

禾 源

见到李家宁诗集《穿越时间的雪》，便想起迟子建《额尔古纳河右岸》中的开篇那句“我是雨和雪的老熟人了，我有九十岁了。雨雪看老了我，我也把它们给看老了。”雨、雪上苍派来给诗人、作家传导诗心的天使。

李家宁的诗行确实也就在这雨雪中构建了他特有的精神家园。正如他《穿越时间的雪》一诗中所抒写的“**残雪还在作生离死别/枯荷发出断裂的痛声/想往远方的云朵/为赶赴一场亲情的盛宴**”……雪，开启征程，接着便是他诗行一年四季的旅途，人生情感与智慧的行程。穿越时空吟咏故乡、诗史家族，又像一朵云掠过千山万水，以诗的名义叫醒古人，把自己活成了一个像能“穿越时间的雪”，搭建起一个存在又不确切的自我诗歌别苑，正如他的《生花妙笔》中所写的“**妄想用一把虚构的钥匙/打开海市蜃楼里的人间/自己拥有一个不存在的院子/将空旷埋进心底**”。

李家宁这座诗歌大别苑，容纳内容十分丰富，古根错综，新花簇簇，错落有致。我硬生生给他安上这几个标签。

时间与空间的超越。李家宁把自己活成一座诗意往来的桥，双脚铆在土地上，目光举到天空，挥手于东西南北拦截四面八方奔腾的诗意。骑牛出关的老子，叫醒山鬼的屈原；李白、唐寅，乃至黄巢、洪秀全，……都被呼之而来，同时也不忘脚跟前一花一草，相聚一堂在他诗歌别苑。正如他自己在《诗歌灵魂与良心》中写到“诗歌是一匹马，危险而优美。诗人与诗歌的关系，就是主人与马的关系，马在找主人，主人也在找马。诗人应该向世界贡献出本土的、新鲜的、生长的，高贵品质的汉语新诗”。在他诗歌别苑中，没有时空界限，他用自己心气吹醒一切，让他们一样活在诗里，有了新生命；没有贵贱之分，花草树木一样诗意芳香；唯有诗意浓浓，会心去读，便是天涯比邻，古今共饮。

情感与爱意的勃发。一个人的活态于生命体征是呼吸，于社会则是各种情感的表现。李家宁的诗充满着情感和爱意，爱家乡，爱他乡，每一个地方都成就他的诗篇；《偶遇乌镇》便有“那湿漉漉的乌篷船/撩拨着酒色沁透的意境”，到西塘便《遗梦西塘》“吴浓软语/镌绣了别离情肠的小桥古巷/风再热情 只是吹皱一池秋水/杨柳多情/却摇曳一湖波共醉”。爱故人，爱今天，他的家族活成了一首史诗。《回故乡》三则诗意浓浓地抒写了家族人，让每个人都活在诗中，父母、伯父人人入诗。“回到故乡吧/回到父亲切着粗烟叶/满院子都是南瓜东瓜的故乡/母亲喂着小鸭仔小鸡仔/偶尔也虔诚地拜菩萨点香……”。当然这种情感带有根性，而让激情勃发的是那种永远不老的爱情诗思维。李家宁不乏这种思维习惯，如《我用一朵莲花，与你商量来世今生》中的诗行“深埋心底已久的爱恋已找不到/风来了，解读一朵花语/我把整个冬天都留给你/一绺暖阳，裁成小棉袄/时光的站台，缘聚缘散/为离别而神伤，为相遇而欣喜/等你在生命的下一个路口/多情人不老……”这一个多情不老，让诗永远有青春气息。

浪漫与现实的交融。若说浪漫是诗歌翅膀，现实则是诗歌起飞的登台，李家宁以丰厚的文史知识为羽翼，以丰富想象扶风，煽动有力的翅膀，在现实之高峰双足蹬起，飞向诗歌别苑的高空，翻飞出诗的灵性和英姿。例如：《十年磨剑　今朝问鼎》

——2023 高考赋中，唐伯虎、蒲松龄、刘项、曹雪芹、黄巢等等，阵列其中，一声“嗟矣乎!”的感叹，招来了一大批科举落第生。这么有力量感叹是何等的浪漫，要有多少文史知识支撑，李家宁举重若轻。同时，他用想象把现实与浪漫交融一体，让现实的生活充满灵动。例如:《秋天 向死而生》他这样写到“落叶在喜鹊的脚下尖叫/大雁在白云上写诗/玉米在燃烧的草垛里炙烤/镰刀与五谷丰登握手……”现实中一个季节的轮换，此中有了诗意。正如他在《秋天的模样》中所写的一样“秋天卧在山坡上/一副酒醉的模样/脸颊一阵阵发烫/光阴在涂抹他的肖像/这是神的力量……”，神就是诗，就是把浪漫与现实交融出诗歌力量的诗人。

李家宁跟春草一样敏感，又与土地一般有包容性，于是他的诗歌题材涉及面很广，高考、疫情、乡村振兴、英雄事迹……诗歌运势而唱，他兼有登高必诗赋才情，每到一处脚踩土地，诗行从心中涌出。他是有一个很有情怀与责任感的诗人，确实像是“穿过时间的雪”，来自大地，走向历史天空，再回大地故乡，把美抒写，把爱传递，咏唱在诗歌别苑。

2023 年 12 月 24 日于听月轩

禾源，原名甘代寿，中国作家协会会员，中国民间文艺家协会会员，在《散文》《读者》《福建文学》等文学重点期刊，《文艺报》《人民日报.海外版》《福建日报》副刊发表作品百万字，十余篇散文被语文试卷出题。出版有长篇小说《锣声》、散文集《留在村中的雨》、《风的记忆》等六部作品。获过孙犁散文奖，首届“在场主义”散文新锐奖，言子文学奖，福建省第六届，第九届百花文艺奖，福建省第 30 届优秀文学作品榜暨第 12 届“陈明玉文学榜”上榜，第八届冰心文学奖。第二届福建省中长篇小说双年榜（2017-2018 年度）提名奖。长篇小说《锣声》喜马拉雅正在播出。

李家宁《穿越时间的雪》序

杨建华

李家宁是我高中文科班同学，我很为自己有这么一位才情横溢、高质多产的政和本土诗人同学而倍感骄傲。不过，因我常居海外孤陋寡闻，家宁兄的赫赫诗名，却是去年清明期间不远万里返乡祭祖，在故里铁山老同学汤大华教授家和几位师友聚叙畅饮期间才听闻的。后来又得知汤教授多年前已经为家宁同学的《红消香断：李家宁品红楼》写过序了，顿时对这位涉猎广泛、才思勃发的老同学肃然起敬。

不久前，承蒙家宁同学加微信嘱咐为其即将付梓的第五本著作暨第四本诗集《穿越时间的雪》作序，我更感荣幸之余，又惶恐有加——一个声名鹊起、著作等身的“闽北第一诗人”（我私下给家宁的称号)，让一个从未发表过一篇诗词的门外汉写序？怎么写，写什么？

刚好，在上周陪家人乘坐加勒比海邮轮期间，四天漫长海上航行无所事事之际，通读过家宁的新书《穿越时间的雪》之后，瞬间找到了答案。

我从未为别人写过序，因为从未有人请过我写序。我佩服的人很多，但我最佩服的是做到我做不到的事，并且通过长期不懈的努力把它做到极致的人。家宁就是这样的一个人。作为一名从教近四十载的高级教师，能利用业余时间几十年如一日地笔耕不辍，在诗歌的田野里挥汗如雨、呕心沥血直到至臻辉煌，是一件令我思而生畏，望而生敬的壮举，更何况这个壮举的主人是出自我的故乡政和，一个历史上诗歌田野相对贫瘠的地方。

我从中学开始就喜欢诗，而且是古今中外的新旧诗都喜欢的那种。读古诗词时，我就喜欢去了解诗人的背景，包括出身和籍贯。当时发现闽北其他县城基本都有青史留名的诗词大家——撇开江淹遗泽、群星荟萃的三省通衢之地浦城不讲，崇安的柳永、邵武的严羽、建瓯的叶绍翁，建阳的惠崇等，都在唐宋诗坛各领风骚，明清以后就更是多不胜数。唯独政和这个得名于皇恩的县城几乎颗粒无收。当然，近几十年出现了一个俞心樵（祖籍浙江绍兴），虽然很快就流落异乡，也算是短暂照亮过政和诗坛暗夜的一颗流星吧。

有鉴于此，已在全国诗词赛中获奖25次的李家宁的横空出世，无疑是抚慰了政和千年的诗心伤痕，填补了政和千年的诗坛空白。

言归正传，该说说家宁的诗了。首先，家宁诗歌产量的丰富，确实令我咋舌。这部三百多页的洋洋巨著里，收录了他近几年在省级以上刊物发表过的诗词数百首。其次，这集作品包括了古体的律、绝、词、联和相当分量的现代诗，足显家宁纵贯古今、工随兼长的诗词底蕴和功力。其三，家宁诗词的题材广泛，从状物讴人，到咏史怀乡，从感时歌世，到唱和酬酢，无不得心应手，挥洒自如。在他的笔下，好像没有不能入诗的内容和题材，雅到瑞雪寒梅，俗到灶台茅草，真的印证了陶潜的名句：“淡柔情于俗内，负雅志于高云”（《闲情赋》）。

家宁在中国诗坛得到的荣誉和赞美已经多不胜数，如果这篇序又是一个亦步亦趋的夸奖和褒扬，它只会成为沧海里的又一颗浪花，多一颗不多，少一颗不少，对家宁和读者都没有任何裨益。因此，我想借此说一点不太中听的话：诗本来就是百文之精，因此在追求量的同时，千万不能放松对质的坚守。纵观中国诗史，有许多些诗坛巨擘并没有等身的著作，只是靠一两首，甚至一两阕的绝世佳句而流芳千古。乾隆爷一生写了近四万首诗，但有几个人能记住他的一首或一句诗？

最后，我想以南朝文学评论大家刘勰的一句名言与家宁兄共勉："善为文者，富于万篇，贫于一字。"（《文心雕龙·练字》）。

二零二四年元月十九日，于加拿大多伦多

杨建华，先后求学于南开大学（旅游英语）和英国伦敦大学（生态人类学）；可可西里索南达杰自然保护站的创建自愿者（1997年）；以自愿者身份受聘为武夷山世界文化自然双遗产申报的自然、人文专业顾问及首席英文翻译，为确保武夷山获得双遗尽心尽力（1999年）；移民加拿大后先后担任《明报》、《星岛日报》主笔翻译，安大略省首席法庭翻译；加拿大约克大学翻译系客座教授兼法庭翻译课程编撰人；现为加拿大移民律师。喜爱中西古诗文，摄影，作品除朋友圈外从不发表。

目 录

第三部分　在《诗刊》《中华诗词》发表诗词三十首

第四部分　在《中华辞赋》杂志上发表诗词十三首

第五部分　《新诗选刊》发表诗歌九首

第六部分　《人民日报》客户端发表诗歌五十四首

第七部分　发表在《中国诗歌网》现代诗(六十五首)

附　录

第一部分

省级文学刊物上刊作品（四十首）

（一）《青海湖》六首

父亲也写一首诗

天空、大地、河流是诗的意境
养猪、放牛是他的意象
锄草、施肥、割稻、劈柴是诗的节奏
一畦地瓜藤、一碗泥鳅就是他的语言
句子简单，不需修辞
对仗不够工整，比如劈柴
遇到平仄，就纷纷开出春天秧苗
他脸上的笑容被太阳照着
天空打开了它所有的蓝

那些年轻时弯曲的日子
穆阳挑一担盐从牛岭马岭翻过
直到生活的疼痛成为遗迹

我读着他，像读着一块田野
生活是你骄傲的大学
春把所有的雨都注入枯枝
依然无法把青翠唤醒

田埂是您最后的叙事诗
墓碑已经成为诗的句号

一朵雪花翻墙而入与梅花缱绻

一片雪花翻墙而入
和院子里的梅花亲密一吻
心灵找到一个适宜安顿的地方
晶莹与空灵之间
依稀看到了朦胧的你

缱绻后，浮出一滴滴泪
涅槃的爱，痴心无悔
身后，还有五百年
驿路相伴，春风牵手

问世间情为何物，当看雪花爱上梅花
在倔强的西风和着，琼妃的浅笑里
那久违的烟眸飘摇的长绡
还有那秋的眷恋、春的告白

掬一瓣清凉剔透的菱花在手
在眉间心上沉沉的体味
体味这来自你风霜跌宕间
任那颗无瑕的冰心

我把前世今生铺在你的面前
风用力抱紧那些片断情节

母亲在春天里年轻了一回

无论是新开的花
还是是旧时花
都难逃凋谢的命运

雪是老家一首普通的叙事诗
用象形词擦亮老家小院的草木
神灵在云端下翻晒的经卷

一颗青果在枯萎的叶片里打坐
月光梳理草木的影子
成为东方的一种美学

妈妈，即使时间终结了
你依然在所有的时间中
您是少女，是妻子，是母亲

思念的蒲公英，贴满故乡的信封
田野是崭新的巨大的邮戳
花期里的心事，摇疼了眺望的眼睛

翻看我生活的童年
有一种莫名的悲伤
每一滴都夹带狂风的叙事

注：以上三首发表在《青海湖》2023.08（下）总第 850 期

端午辞（组诗）

汨罗江

几人问天，几人泅渡
有我屈原，山河锦灿

擒着端午的泪水
虔诚凭吊汨罗江
秭归消瘦月光
抚慰招魂的经幡

戴岌岌高冠，佩陆离长剑
粽子将思念喂养
身影惊起秭归的忧伤

不灭诗魂与日月齐光
忠贞舍生的人格力量
传承忧国忧民的信仰

你掩涕哀民生之艰
你求索长路之漫漫
在汨罗江边轻身一跃
却将《离骚》留给后人长念

屈原不是水手

却在汨罗江一泅渡，就是两千多年
当浩瀚的星空，吞噬端午的骄阳
你能否在一首诗中醒来

复活的诗人

沧浪之水清兮，濯缨
沧浪之水浊啊，洗足

心系社稷江山
纤尘不染，哀笛凄凉，楚歌悲壮

诗人绝尘而去
荷叶包起心愿
石榴哭红了眼
苇叶裹满悲伤

蜈蚣、壁虎、蟾蜍依旧爬行
魑魅魍魉，自欺其人
美人迟暮，命运多舛
祭祀的寒气，总夹着阳光

挽住既倒之狂澜，将魂魄化作幽兰
为民请命，万古流芳
悲叹故国破碎河山

从狭隘的河床出走

一路独唱，游向自由的理想彼岸
带伤的汨罗，回天无望

来兮归去，归去来兮
你在问天，天却让你选择投江
你在问地，地因你而哭泣
你用死亡，捍卫坚定信仰

一个不屈的脊梁，踏月而来
你用无奈的浪漫——《离骚》《天问》
《九歌》《九章》
为中国文脉，指点江山

写给粽子

我把思念包进粽子
让诗意嵌入石头
山川因你而声名鹊起
汨罗有你魂魄不再溯游

打开端午章节
汨罗江水，如同一匹烈马
从泛黄的典籍跑出

藏匿着烈火
喝多少碗雄黄米酒
才可繁茂岁月之丘

菖蒲挂在月勾
一个朝代的寒冷
被一串粽子暖和

撕开粽叶，到处都是新鲜伤口
江水托起您的魂
也在握剑求索

裹在血管里奔流的骨气
跃出汨罗的瞬间
也点燃真理的篝火

注：以上三首发表在《青海湖》2023.12

（二）《绿风》三首

父亲已长成故乡的另一地名

我把灵肉都交办给了万物
在一块墓地前保持沉默
语言从枝头掉下来，落入水杯、书中
每一粒文字都在思虑

六月，我把名字挂在枝头
用我的骨头折断冷峭的黑夜
一次次被掏空的灵魂
碎片时间上的生命在诉说

桃花，注定一生是盛装出行
柳叶：被一个妇人占有的一生
一棵楝树上挂着两只月亮
辫子在春天荡开了一朵小花
当一片雪花和玫瑰同时燃烧
万物给无知，留出光芒

我在酒杯里喂养一只花豹
被拔光的田野，只剩下远望者的伫立
用情和爱摇响生命里的风铃
用寂静，和万物交谈

父亲已长成故乡的另一地名
只有一口深井吐露百年疼痛

母亲在春天里年轻了一回

无论是新开的花
还是是旧时花
都难逃凋谢的命运

雪是老家一首普通的叙事诗
用象形词擦亮老家小院的草木
神灵在云端下翻晒的经卷

一颗青果在枯萎的叶片里打坐
月光梳理草木的影子
成为东方的一种美学

妈妈，即使时间终结了
你依然在所有的时间中
您是少女，是妻子，是母亲

思念的蒲公英，贴满故乡的信封
田野是崭新的巨大的邮戳
花期里的心事，摇疼了眺望的眼睛

翻看我生活的童年
有一种莫名的悲伤
每一滴都夹带母亲和岁月的叮咛

妈妈，您一生没见过金银

妈妈，您一生没见过金银
您一辈子没花过大钞，今天我给您带来了

爸爸，您一生都在抽土烟
中华香烟，今天我给您带来了

思念的线，凝成一朵花永远不枯萎
思念好似一杯浓醇的酒，在心底泛滥

有一种伤感，叫别离
有一种思念，叫清明

时间终于让我明白
我的祖先有着恢宏的大美

只是作为故乡的叛逃者
我不配献上我廉价的爱与赞美

害怕离别死亡，不如用爱去温暖它
或许这就是清明节最美的意义

燃一炷香，捎去对逝去亲人的思念
故去的人，化成了满天的星星

注：以上三首发表在《绿风》（诗歌双月刊）2023.伍（第五期）

（三）《诗选刊》一首

把倒栽杉的意象背向远方

一条河住满了鲤鱼，所以不熄
他演绎了斑斓的红海
一棵树倒栽了，但他不会死去
还庇佑山民千年

故乡，我是您溪流中的一尾鲤鱼
游弋在母亲心河，紧贴脉搏
我愿是您四平腔中一个念打
黑眼睛里坐着一个至高无上的乡魂

在一杯温情里续写光阴扉册
每个字都被传奇平仄
缕缕乡音，与诗句一齐坐观锦绣

故乡，我是您词海里一枚动词
我沐浴您的芬芳，夜夜与您梦萦
我徜徉您的流波，朝朝签证光阴

我愿是您的一杯新娘茶
在喜悦的芬芳里，打开青春的童话
与花桥对话，与洞宫相恋
把倒栽杉的意象背向远方

注：发表在《诗选刊》2023 年第 11 期 2023.10.31 于河北

（四）《现代青年》三首

在澄源，万物都有它诗性的一面

举起梦，擦一擦历史的天空
清新，来自纯静的世界

鸟儿在空中游动
蝴蝶在花间振翅

自然的天空和时代的天空一样
大风车已快跃过那株苍劲的古柳

举起那段自豪的历史
乡村振兴的期待

爬满父老乡亲的心头
耕耘和收获的含义

以最低的姿势向大地鞠躬
以最高的规格仰望苍穹

每一片茶叶都是一缕金灿灿的阳光
每一束稻穗都是一弯温馨的月牙

明月清风中 走来的是乡村兴盛
远去的是灯下的乡愁，折叠起来

不过就是一本线装的古书
不必红袖添香，月光下阅读

来到澄源看天，须高山仰止
又须俯首低吟

天井洋，那山那水那梨……

这里的每座青山都绿得流油
每条河流皆鱼儿欢唱

这里的领头羊
放弃榕城的虹霓，来到家乡种梦

如果把天井洋比作一首七言律诗
贡梨、板栗、绿茶、吊瓜是你的意象

海晏河清、蓝天白云是你最美对仗
鸟鸣、花开、蛙叫是你最美押韵

打开天井洋内核，你的美是
茶香与锥栗的一场盛开

摘一朵浪花戴在胸前

沙滩在日晒时最为清醒
大海不经意间拥你入怀

海岸再阔，在天空眼前都是孩儿
白裙再白，在云朵下也只是妹子

风扶着椰树受伤的腰枝
每一次滴沽，都是一首爱情吟诵诗

沙粒静悄悄地躺在柔软的滩脯上
白云把北海的天空擦拭得瓦蓝

揽车在高大建筑与椰林间缓缓穿梭
把海鸥、游咏装、涛浪一一放映眼帘

走下揽车，伫立风中
摘一朵浪花戴在胸前

注：以上三首发表在《现代青年》2023 年 10 月总 492 期。

（五）《福建文学》（四首）

故乡的鸟鸣让我侧过身去（外三首）

风，穿过旷野麦芒的针孔
太阳，恐怕就要吻别山岗了
天空，垂下黑色的瞳孔
每一寸投影，像是一场扩散的溃疡
我们要在这里守夜
月光从山墙上溜下来
在灌木花丛徘徊
流水把誓言植入石头里
在寻找的路上越来越远
乡音，本身就是一个
最容易打动人心的词
我的爱，是形而上的
一声鸟鸣让我侧过身去

娘才是一缕炊烟

灶台边，娘佝偻着身子
把柴草推进火的胸膛
沉重的被分解，比如身体
烘干发声的词语
盛出炽热的目光
剩下的，一点一点地从灶膛升起
原来，炊烟是娘用疼爱喂养的
娘才是一缕炊烟

秋天，势不可挡

落叶是时间的注脚
飞鸟与雷霆掠过的地方
蝴蝶的春天隐忍
在一株老树沉默里
风点燃叶子最后的斑斓
枝头上，柿子明亮
秋天，势不可挡
一枚月亮种在天上
也就种下人世间的唏嘘
天空握着蓝色想哭
像我突然会想起你的名字
也会遗忘

在北海银滩

心里装着大海的人
也一定装着少女的心
他们从北海银滩开始跋涉
也想贩卖蓝色与忧郁的眼神
鸥鸟们在寻找新的河床
我要从大海掏出贝壳与珍珠
摘一朵浪花戴在胸前
做一回大海里的新郎

注：以上四首发表在《福建文学》（2023 年第 12 期）。

(六)《澳门晚报》发表一首

回故乡

（1）
回到故乡吧
回到父亲切着粗烟叶
满院子都是南瓜冬瓜的故乡
母亲喂着小鸭仔小鸡仔
总是虔诚地点香拜菩萨

回到故乡吧
回到伯伯大公无私一心向党
不怕得罪人
叔叔因饭量大而饿死的故乡

回故乡吧
回到二哥为生产队放牛
牛被狼吃掉时大哭　我也大哭

兄弟俩同时娶媳妇
父亲母亲去深山里做饭
盖木头房子，与别人换菜地
上房梁也借钱的胆量

（2）

回故乡吧
回到我童年河里摸鱼，山上挟鼠而
挟到一只鸟
因饥饿也偷了人家黄瓜和梨

那一年，妹妹出嫁，我在外地补习
外婆去逝，我在大学读书
大哥海岛当兵，回家探亲
那才叫英俊帅气

我步行去十里外的松树岭去迎接
心情就像潘冬子见到红军一样：
夜半三更哟盼天明，寒冬腊月哟盼春风。
若要盼得哟红军来，岭上开遍哟映山红。

（3）

回故乡吧
回到生我养我的故乡
回到有玉米没有高粱，有大豆没有花生
有飞鸟蚂蚱没有汽车水泥路的故乡

回故乡吧
回到“农业学大寨，改造低产田”
生产队记工分，集体吃大锅饭
田野上唱快板，激情燃烧的岁月！

难忘村头古井打水，村口柳杉站岗

那畦接济过无数村民的野人参

回故乡吧
回到星星伴我入眠，太阳催我上学
我挨着去叫村西边留级的大伙伴

回到砍柴喝过水的小河
作文被老师表扬的课堂

回到屋里挂满母亲笑容
父亲爽朗笑声飞出山外的
故乡

注：此文 2023.7.12 发表在《澳门晚报》。

（七）《天津诗人》四首

佛子山天村即景

客居峻岭见情真，一路风光倦亦亲。
狮啸常书经世卷，蛙鸣每绘最奇春。
煮锅秀色配汾酒，裁朵山云慰远宾。
当撰豪词香故里，琴书添韵扣星辰。

武夷城村古汉城遗址览吟

寒云散页汉都城，铁马争驰总纵横。
佩剑冲星歌旧主，扶琴流水赞新生。
花残未解深宫妙，月暗徒留宝座嵘。
帝业辉煌多少恨，泊鸹王殿费人评。

中国第一楠木林写意

占尽豪雄是此楠，苍风擎柱阅天蓝。
无抛媚眼香原野，坐拥青峰冠秀坛。
锦簇图开谁可解，玲珑骨傲最心酣。
根埋坳中何时惮，留取芳名青鸟探。

水调歌头·衢宁铁路政和段抒怀

千里衢宁路，皓皓美风光。
云飞星转，三省穿越造辉煌。
欧冶轻挥宝剑，映照白茶文化，
闽浙止荒凉。滔滔闽江浪，卷起伴慈祥。

穿关隘，呈瑞彩，似凤凰。
涅槃山水，朱子理学润家乡。
一睹黄熊风度，鉴赏俊波风范，
时代已飞翔。古邑披金绣，佛子换盛妆。

注：以上四首发表在《天津诗人》（2024 春季卷）。

（八）《诗林》五首

树叶在空中走动时

阳光出来，虫鸣矮了下去
大地仍在延续不可救药的荒凉

那驱动彤云的北风
还没订好南下的日程
故乡在月下披一身皎洁的光
将隐隐作痛的故事堆满粮仓

那漫天飘飞的雪花
还没有跟上我诗心驿动
树叶在空中走动时
嫩绿是一步，枯黄是另外一步

你在树下来回奔波
一树叶落在秋风中形成旋涡
所有生命都会死——
唯有爱生生不息

四季记下了这伟大的疲倦
冬夜山野，点燃我诗稿那树梅

2023. 11. 20

放　下

天，被蓝统治
云朵，让风牵扯

熟透的晚秋
完成她的旷世杰作

把油画
投影到大自然屏幕

夜在浩月的守护下
安然入睡

寒霜，埋葬了繁荣
冬雪，覆盖有梦的季节

窖藏的酒
勾兑陈年往事

孤独的灵魂
逍遥于宿命之外

2023.11.20

诗　人

吻在笔尖之中
舞于刀刃之上

用犀利的思想
在词海里狂欢

戳穿谎言扯蛋
将心掰成两半

一半赠与美女
一半激怒豺狼

一个许诺明月
一个真理打扮

2023.11.20

雪的哲学

蝴蝶般的雪花飞舞着
凉凉的白白的精灵
落在我的肩上，钻入她的围脖

落到枝头和彼此心尖，妖娆生命
热忱的絮，使泛黄岁月淡雅脱俗

那些来向穹宇的精灵
让孤独之人听到了圣音
那是冬季最美的花朵

下雪可以冻住时间
我情愿不再遇到春天
干枯的日子，期待一场凌厉

如甘霖倾泻
相拥如饮一杯烈酒
片片飞琼株带玉，且以情深共白头

世界让雪变得高贵
绚丽之极终归平淡
远方很远，几呼没有诗和远方

原谅冬天的寒冷
不可原谅冬天的荒芜

2023.11.20

那么多的枝条就站立一只鸟

星光和灯火都是捅向黑夜的利器
云知道天空深处的事
这一年风调雨顺
随处青山皆汉唐

我走在少年的山林里
行吟就是呼唤灵魂回家
父亲牵牛的背影越来越小
我在草木与石头之间寻找平衡

从植物那边进入诗歌
树木就是自己的毛发
身披露珠的人，个个胸怀闪电
树叶从我们身上剥落，时间也是我的国度

凝神之诗照亮了自我
还我一株莲的身躯
我们是孤儿手中寂静的摇铃
一只生活在南方岛屿的寄居蟹

所有的美都在此落脚
从高挑的花茎上寻找神的设计
这些绿色的失而复得
我们的爱下落不明

那么多的枝条就站立一只鸟
一只雪豹从都市捎来春天的温暖
尘世太静，我们谁都没有说话
只 想把自己的名字运往星空

2023.11.20

注：以上五首发表在《诗林》（2024.2）。

九、发表在《中国文艺家》六首

汨罗江，喷薄一轮诗歌的太阳

1

黄河，蒹葭苍苍
楚风，南国浩浩荡荡
文明的受精卵正在酝酿
你是诗歌的成吉思汗

你把流放凝成《离骚》
忠贞镌刻成《国殇》
八百洞庭，烟波浩渺
社稷庙堂，钢骨柔肠

屈子的泪，屈子的魂
一同交由这明媚的阳光
江山的固若金汤，楚天的帝王将相
尔虞我诈的朝堂

一个绝世的魂魄
浑浊的眼神里充溢着绝望
一把青铜长剑
刺破大秦的狼烟

《离骚》《天问》
《九歌》《湘夫人》
粽子里吃出一颗
阴凉的月亮

2

捧一碗雄黄酒
掬一把驱邪的艾草
将思念的帆、敬仰的心
一起交由太阳

在《惜诵》《涉江》中
蕴藏着深深的痛
正道直行，不随世浮沉的高尚节操
欲以《哀郢》《怀沙》来表达

《思美人》《惜往日》《橘颂》
《悲回风》等名篇，流露出你的无奈
举世皆浊我独清，众人皆醉我独醒
是以见放

你的《渔父》
抒愤至极
以身殉国是为明志
为追求信仰

3

屈原，你虽是个诗人

纯净如玉如白雪
乾坤三事贵，华夏一夫冤
你的伟大品格和诗篇千古流芳

你的那些诗句
在秋天开满了正义的田野
你的《离骚》散发出粽叶的清香
兰质的血，染红灵魂深处的信仰

香草尖上的楚辞
那些千秋不朽的语言，灿烂国魂
江山与美人、楚辞与国魂，任岁月的风沙
在历史的天空，释放出诗歌不朽的灵魂

4

我携一壶老酒逆流而上
沿你行过的路上，去寻他们闻着芬芳
陶渊明、杜甫、欧阳修、诸葛亮
李白、杜甫，沉迷在风雅颂的余韵

国破之日他纵身一跃融入波浪
他走了，汨罗江替他担当
粽子包裹起一段历史，一颗心
剥开来一截情怀，一团团英灵

咬一口，淌着汨罗江的涛声
有《天问》《离骚》的芳香
哪怕一条江千百年来的哭泣和呐喊

民生各有所乐兮，余独好修以为常

5

历史镌刻着诗魂也埋葬了奸邪
星空铭记了脊梁，也穿越着黑暗
一张苇叶，包裹着哀伤
一滴泪水，潮起潮涨

忠骨犹在，英魂不朽
你流放的地方，升起灿烂的太阳
你哀民生多艰，身系社稷江山
诗心镌刻在人民心房

《涉江》兮，与天地同寿，与日月齐光
美政成为永恒的理想
《招魂》兮，湛湛江水上有枫
目极千里伤春心
魂去归来兮，哀江南

我在韶山写诗

1

何时凤凰来，丹诏召仙媛
怀哉鹰隼秋，厉翼青冥晌

150 年前，有位诗人路过韶山

写了一首诗，期盼救世主的出现

后来果真诞生了一位
领中华儿女走向光明的伟人
他的名字叫毛泽东

2

你的功劳比天高
你的恩情比海深

您被百姓奉为神
您是人民大救星

韶山冲那如潮的人群
铜象下的鲜花如海

这青翠绿微的胜地
这慈祥伟岸的身影

总把人民举起
人民心存感恩

低于岁月 高于时空
傲立顶峰

这是韶山的天空
这是幸福的大地

3

人民就是江山
真理就是道理

你雨中登岳麓
湘江中流击水

喜欢八段锦
游泳爱一生

你身上有体力慧力
所以拥有永恒魅力

这位韶山英雄，改变了中华民族
百年未有之大变局

4

毛泽东满门忠烈
当今贪官满屋黄金

一双草鞋冲破迷雾
踏平了不平的万恶世界
一方光景在韶村，风物长宜朝者尊
大义伟人开盛世，赢来尧舜屹昆仑

端午，他又活过来

去水宫里，与龙王倾诉衷肠

睡在水晶棺里，得到石头瞻仰
水，洗不清你的冤恨
浪，淘不尽《离骚》的沧桑

把我的思绪捎给白云
把我的粽子交给鱼群
盛世华袍，滋生虮虱
汨罗江，孕育瑰丽的思想

沧浪之水清兮，濯缨
沧浪之水浊啊，洗足
心系社稷江山，纤尘不染
哀笛凄凉，楚歌悲壮

诗人绝尘而去
荷叶包起心愿
石榴哭红了眼
苇叶裹满悲伤

蜈蚣、壁虎、蟾蜍依旧爬行
魑魅魍魉，自欺其人
美人迟暮，命运多舛
祭祀的寒气，总夹着阳光

挽住既倒之狂澜
将魂魄化作幽兰
为民请命，万古流芳
悲叹故国破碎河山

从狭隘的河床出走
一路独唱，游向
自由的理想彼岸
带伤的汨罗，回天无望

自诩高贵的帝王，成了堕落土灰
屈原成了一代代精神榜样
光明的灵魂，犹如荧荧明星
穿过天庭，把人间照亮

来兮归去，归去来兮
你在问天，天却让你选择投江
你在问地，地因你而哭泣
你用死亡，捍卫坚定信仰

一个不屈的脊梁，踏月而来
你用无奈的浪漫——《离骚》
《天问》《九歌》《九章》
为中国文学，指点江山

2023.6.20

光阴的渡口，等一场雪

看一场落雪听禅
还原岁月最初的静好

左岸是烟波雪飘的尘世

右岸是蝴蝶清风的文
每一朵雪花，来自人间的天使
与世无争，独敛一身月色潋滟

等一场雪落，倾听尘世素白的声音
等一个温暖的归人，日月星辰皆会温柔

一袭红衣居然在这浩瀚的白
站成这世界的绝色
风从路边树缝里钻出来
像频临崩溃的怨妇

把铺了一地的思念卷起
和雪花一同装进行囊
捎回这白色想念的泪滴
冰雪下的废墟里

分明还有铁蹄铮铮
战马的嘶鸣声

2019.12.15

如果，堕落为深山的草寇

这些年，丢失的无数个我
陆续回来看我

我有爱一朵野花的欲望
荆棘就有恨我的冲动

大树小树，都身怀绝技
一簇绿，致命地诱我

如果夜太黑
就用力擦拭怀里的星星

如果看见空旷的羊圈
就想想天空白云的漂泊

如果赏花人在花谢之后
被满目的葳蕤所安慰

我不会为功名所诱，
甘愿用卑微　将无怨相守

如果两只鸦鹊一再和我道别
我自甘堕落为深山的草寇

你像苍穹，盛开皓月在天际
——写在站讲台 38 年之后

给孩子一个梦，给梦一条路
给路一个方向

最初的凌晨都是黑夜
鲁迅，开始是不是鲁迅
冰心当初不一定是冰心

我在空中送你一朵白云
在夜晚给您几颗星星

你有鹰的目光 你有草丛火萤
从此，一颗夏朝的夜明珠

照亮你的美丽、娇媚，在镜子里
把梳你秀发的木梳，拽你在未来的手里

如果把你造得太小了，孤独就会卷起花边
采得百花成蜜后不论平地与山尖

世界需要燃烧也需要灰烬
我才长出一颗心

此刻起，清与流合而为一，润泽人间

你像苍穹，盛开皓月在天际

你像父亲，山一样的沉稳
你像母爱，水一样的灵动

在多彩的世界里
把青丝染成白发
筑起灵魂长城

愿世间所有的孩子，都长成参天大树

我们恰逢其时地奋斗
我们不遗余力地去努力

一腔热血
滋润的是天地万物良心

一声高亢
唤醒的伟大民族的崛起

注：以上六首发表在《中国文艺家》2024.2。

十、发表在《渤海风》诗歌七首

面对秋叶阑珊，我不再是一首诗

深秋读王国维的诗句：
“最是人间留不住，
朱颜辞镜花辞树。”
淡然面对生命的凋零

枯萎日子，高尚死去
妖艳飞舞，吻我伤口
岁月消瘦，不死图腾
如水篇章，流血耳朵

尘埃里住着呐喊
空中住着解药
深喊一声
叶子就纷纷飞落

世事犹如无言的秋红
算水尽山穷，叶落成空
写一笺最红的秋词
老去年华依旧风姿万种

红叶是秋天的代言

红叶是秋天的标签
红叶是秋天的灵魂
你不是红叶
是一颗相思心在滴血

秋雨像一首流泪的诗，缠绵的诗
思念是干瘪的向日葵捧着头颅
思念是那根独钓秋冬的鱼杆
西风泛滥的两岸
滴下鸟鸣，引来蛙儿小驻

吐出最后一页怨气
湖水向落幕卷起舌头
翠鸟从湖心窜出
寻找残荷膝盖骨

这些奔跑的头颅相互簇拥
使挨饿的寺庙，跳出典籍的麒麟
一棵古树和无数葱茏
不断分裂的脸
像命运一样跌入石缝

说好天凉莫悲秋
我把相思红豆已弄丢
落叶荒芜了谁的片语
秋雨惊扰了谁的一帘幽梦

风吹起衣裳，徒留你的微笑
雨淋湿黄昏，隔着天涯过往

每一片叶都是唐诗宋词佳句

每一缕风都是白山松巾落款
漫天飞舞秋叶似孤单枯叶蝶

我把思念泼进秋色
于是枫燃得热烈，漫山遍野
如思念的涟漪，在寂静的秋夜
把每一片枫叶，染成相思的红

天各一方的你我两颗心啊
都在备受光阴的肆意煎熬
面对秋叶阑珊
我不再是一首诗

2023.10.16

秋天的模样

（一）
秋天卧在山坡上
一副酒醉的模样

脸颊一阵阵发烫
光阴在涂抹他的肖像
这是神的力量

岁月的双唇燃烧
把小草按在地上
额外的喧哗沉下泛黄

野葵花到了秋天被砍下头颅
十月的小溪流着透明忧愁
所有的文字都说着金秋

携带着寒潮的风
在天空种植脆嫩的悲鸣

和秋天对饮，醉成高粱的红
醉成稻子的金黄

（二）

从青翠欲滴到尘土掩面
秋有和众生一样的嘴脸

枯叶纷落，绕着灵魂旋转
甜美的葡萄使我忘记忧郁

向日葵正向祖国重叙忠诚
我听见暮色在花丛里唱歌

将生命化作一树梅
在初雪里取回故事
听山风喊出春天

抑或化作一段光和薄凉
以纷落的叶子叠出遗忘
将生命走到尽头的安详

2023.10.10

父亲已长成故乡的另一地名

我把灵肉都交办给了万物
在一块墓地前保持沉默
语言从枝头掉下来，落入水杯
书中，每一粒文字都在思虑

六月，我把名字挂在枝头
用我的骨头折断冷峭的黑夜
一次次被掏空的灵魂
碎片时间上的生命，在诉说

桃花，注定一生是盛装的出行
柳叶，被一个妇人占有的一生
一棵楝树上挂着两只月亮
辫子在春天荡开了一朵小花
当一片雪花和玫瑰同时燃烧
万物给无知，留出光芒

我在酒杯里喂养一只花豹
被拔光的田野，只剩下远望者的伫立

用情和爱摇响生命里的风铃
用寂静，和万物交谈
父亲已长成故乡的另一地名
只有一口深井吐露百年疼痛

妈妈，您一生没见过金银

妈吗，您一生没见过金银
您一辈子没花过大钞，今天我给您带来了

爸爸，您一生都在抽土烟
中华香烟，今天我给您带来了

思念的线，凝成一朵花永远不枯萎
缅怀好似一杯浓醇的酒，在心底泛滥

有一种伤感，叫别离
有一种思念，叫清明

时间终于让我明白
我的祖先有着恢宏的大美

只是作为故乡的叛逃者
我不配献上我廉价的爱与赞美

害怕离别死亡，不如用爱去温暖它
或许这就是清明节最美的意义

燃一炷香，捎去对逝去亲人的思念
故去的人，化成了满天的星星

2023. 4. 3

偶遇乌镇

（一）

是谁撑着戴望舒的那把雨伞
掠过凉凉秋风，游弋水岸江南

是谁把乌镇当作一本书
黛瓦白墙，每天被人翻来翻去

那湿漉漉的乌篷船
撩拨着酒色沁透的意境

每个眸子吹醒风情的乌镇
流淌在无比风情的神圣

乌镇是一幅画
一幅美得不能再美的水墨画

乌镇是一座桥，昭示时光的魅力
诉说光阴的故事

（二）

我本无意入江南，奈何江南入我心
风穿旧埠，日影访阁

我坐在前朝的渡口
看乌篷船来回游弋

运河两岸的红灯笼
飘出杜十娘的凄婉

从春蚕到林家铺子，这个东方威尼斯
一只瘦笔写尽人生悲伤

那些弯弯曲曲的小巷，如一支支洞萧
您穿的旗袍，晕染了一幅水墨画

（三）

你把我沉入水中，把我的心漂出来
我把你揉进波里，可换取野绿

红尘的雨，叫我一生难忘
迷人的你，让秋风把思念遥寄

青石板路，依存旧日温情
古旧木屋，彰显历史沉重

夜幕下的西栅，披上一层华丽外衣
在千幅水墨画中，泛舟碧波

俯身洗衣女子
水一样清澈的眼睛
柳一样柔软的身段

那个女子心目中的男人

在这里摇着橹，踏着万里春风
划出了东栅，划出了江南

（四）
我不属于乌镇
乌镇也不仅属于江南
被情丝冻成死结的青石街道
那散布着丁香味的雨巷

那枕水的黛瓦白墙
那瘦弱的乌篷船
那白莲塔上被洗净的异域梵音
那穿桥而过后浣纱的姑娘

那阁楼上的幽怨情深
那撑着红纸伞的姑娘
繁华被烟雨浆得发白
喧嚣被太子书院的温润化解

扯一片雨景做成诗笺
把相思裁成柔柔的柳条
任它在春风中舞蹈
把亘古的留念种成雨后初晴的暖阳

红灯笼在微风中轻轻摇曳
映照出石板路的深深幽静
热闹的庙会与宁静的乡野相交融
乌镇，你是中国的一颗水墨明珠

2023.9.26

有生之年，总要去一躺姑苏城

（一）

逛不尽的小桥流水
看不完的黛瓦粉墙
穿梭烟柳花巷
吴侬软语、苏州评弹
骨子里的细腻委婉
随性内敛，柔软江南
俊逸风流才情
迷失于暖风旧梦

纸雨伞却没了踪迹
拱桥下的小船，荡起的涟漪
山有扶苏尚存，只是碎了倩影
寒山寺犹在，我敲了三下晨钟
在松鹤楼吃到了松鼠鳜鱼
青团子、还有莼菜银鱼羹
外加一瓶桂花酒
尝过奥灶面，难以忘怀

夜店里唱苏州评弹
石桥、古宅、小街
历史随意洒落，却是生命永驻

（二）

陆文夫《生命的留痕》说：
“居苏州沧浪亭畔，天之厚我，可谓至矣。”
苏州的意境，是“小窗闲对芭蕉展”
是“淡烟流水画屏幽”
是“曲阑干外天如水”
是“菱藕香深写竹桥”

天人合一的融洽
粉墙之中、黛瓦之下
却是鱼戏莲叶的悠闲
满地蕉荫的恬静

隐逸之地：没有战场，没有宦海
“卧石听涛，满衫松色，
开门看雨，一片蕉声”。
“长山岚翠”“九里晴澜”
“林皋春雨”“莲浦香风”

一朵朵荷花娇媚欲滴
一处处树叶婆娑　灵魂颤栗
铺满榛叶的青砖路上
印刻了多少历史的痕迹

苏州，最柔情的园林
有生之年，总要去一躺江南

（三）

悠远的钟声穿过时光隧道
落在了远山近水渔火之中

去寻觅那段失落的唐朝遗梦
我奔赴千里来到了你的怀里

这是佛陀的召唤
带着虔诚和崇敬的心

跪伏在你千古不散的诗魂里
我渴望被囚禁的灵魂大彻大悟

是谁将艄公的船桨，划动在
横竖钩弯的象形文字上

又是谁扬起丝绸将柔情
去拥抱黄埔江上的朵朵白云

万盛米行前的熙攘人群
依然留着叶圣陶的教鞭

青蓝花衣的船娘，演绎着水乡风情
一个叫木渎的小镇

拔云弄雾，见证历史的烟岚

目视来来往往的王侯将相

我看到乾隆六下江南的风流神韵
和西施在香溪洒落的胭脂

西厢房遗落的黄袍马褂
都褪去了颜色

陆龟蒙乘着那只船
萦绕着西皮唱板残留音籁

（四）

历史赋予苏州一支巨笔
抒怀世间最美诗篇:

宋·蒋捷：
江上舟摇，楼上帘招。
秋娘渡与泰娘桥，
风又飘飘，雨又萧萧。

宋·贺铸：
凌波不过横塘路，锦瑟华年谁与度？
月桥花院，琐窗朱户，只有春知处。

清·龚自珍：
凤泊鸾飘别有愁，三生花草梦苏州。
儿家门巷斜阳改，输与船娘住虎丘。

唐·杜荀鹤：

君到姑苏见，人家尽枕河。
古宫闲地少，水港小桥多。
夜市卖菱藕，春船载绮罗。

唐·白居易：

处处楼前飘管吹，家家门外泊舟航。
云埋虎寺山藏色，月耀娃宫水放光。

唐·李白

旧苑荒台杨柳新，菱歌清唱不胜春。
只今惟有西江月，曾照吴王宫里人。

唐·常建

竹径通幽处，禅房花木深。
万籁此都寂，但余钟磬音。

园之城、水之乡、桥之都
满园的绿色植物遮天
让淡雅的诗歌频频眨眼

诗词中的大美苏州
不愧“人间天堂”

2023.9.27

遗梦西塘

（一）

是谁披着广寒宫的外衣
枕着星星入眠
又是谁在我的肩上
将一塘翠波揉碎
一座座石拱明月
还在窗前痴痴等待
雨巷油纸伞撑出了
半城乡愁

西塘，从唐宋走来的小镇
是江南一首璀璨的抒情诗
唐宋遗落的婉约惆怅
粉墨了一塘秋水忧伤
吴浓软语
镌绣了别离情肠的小桥古巷
风再热情，只是吹皱一池秋水
杨柳多情，却摇曳一湖波共醉

偶或，我会想起西塘
西塘，是否会想起我
无廊桥，不西塘
无月色，不梦乡
昨夜，是谁月下凭窗
谁又遗梦西塘

（二）

未临江南，西塘只是一个传说
亲临古镇，西塘垄断朋友圈网络
水中有船，船上有故事
白云在水中沐浴，水珠在莲叶打坐

九河交错，宅弄流影
白墙灰瓦，一袭烟雨
上下影摇波底月，小巷流转多少风流人物
往来人度水中天，油纸伞撑起了几番风情

西塘旧镇，千古绝唱
西塘新市，流淌当代文明
雏燕画檐，笑看多少古韵灯笼
乌篷船里，艺术评弹掷地有声

吴语江南，晃动千古流液
石桥暗柳，勾住多少灵魂
借用那无根之水
煮熟江南的风烟
朝圣者的心
去度量这里草木觉醒
一幅画浓缩一个时代
一塘水沉浮一段历史

2023.9.25

注：以上七首发表在《渤海风》2023.4 总第 24 期。

第二部分

在《中国诗歌学会》发表诗歌六首

在澄源，万物都有它诗性的一面

举起梦，擦一擦历史的天空
清新，来自纯静的世界

鸟儿在空中游动
蝴蝶在花间振翅

自然的天空和时代的天空一样
大风车已快跃过那株苍劲的古柳

举起那段自豪的历史
乡村振兴的期待

爬满父老乡亲的心头
耕耘和收获的含义

以最低的姿势向大地鞠躬
以最高的规格仰望苍穹

每一片茶叶都是一缕金灿灿的阳光
每一束稻穗都是一弯温馨的月牙

明月清风中，走来的是乡村兴盛
远去的是灯下的乡愁，折叠起来

不过就是一本线装的古书
不必红袖添香，月光下阅读

书院、寺庙、玉带、廊桥
都被白茶高举在意象头上

来到澄源看天，须高山仰止
又须俯首低吟，然后虔诚，然后跨越

天井洋，那山那水那梨……

这里的每座青山都绿得流油
每条河流皆鱼儿欢唱

这里的领头羊
放弃榕城的虹霓，来到家乡种梦

每位百姓都是，乡村振兴的雕刻大师
每位村民成为，中国走向复兴的力量

如果把天井洋比作一首七言律诗
贡梨、板栗、绿茶、吊瓜是你的意象
河流、山川、庚续奋斗是你最美节奏

海晏河清、蓝天白云是你最美对仗
鸟鸣、花开、蛙叫是你最美押韵

打开天井洋内核，你的美是
茶香与锥栗的一场盛开

是河流和山川的光荣聚拢
一切奇境都在那条板凳龙的腾飞里

六月梨在空中笑脸绽妍
有趣灵魂在这里光芒万丈

我要在这里盖一栋别墅，让心自由生长
我要在这娶亲生儿育女，儿孙满堂

我要在这创作出大自然诗集
让诗飞向云端

将永不褪色的红，写进土地
高高飘扬在每一株梨树上

在韶山，我瞻仰了伟人铜像

满山杜鹃的欢笑里
日月交辉的苍穹下

他从韶山到湘江，从安源到井冈山
点燃了革命的火种

他从雪山草地走向延安
从西柏坡走向天安门城楼

千万颗心捧出千万束花
箫韶九成，凤凰来仪

驻足广场，仰望铜像，霞光万丈
他把自己站成了一尊雕像

一百三十周年后
真诚衷心鞠一躬

长相慈祥的天空下
鲜花是韶山无声的外衣

一篮篮春光，满载民心的诚意
一支支高擎崇敬的手　孕育铿锵力量

仰望，一个开天辟地的名字
仰望，百多年一座耸立丰碑

眼眸，投向一个叫富竹源的村庄

那里的天空有更纯净的蓝
柳杉一排排像慈祥的长者，站在村口

红豆杉夹在其中，只要打个照面

你就能看见尘世的自己

离乡游子，依旧像从前那种爱
干净、质朴、浓郁而温暖

乡下有我梦想的一切
他们都一一替我看管

在富竹源，山石草木都是我的亲人
柳杉简直就是我的祖宗

红豆杉，寄托我的童年
聆听山水时光的回音

父老乡亲
每一张脸都映射黄土之实

在洞宫山，与神为邻
在富竹源与大树相依为命

就算没有来日方长
你也是我的诗和远方

摘一朵浪花戴在胸前

摘一朵浪花戴在胸前
我便是大海的新郎

沙滩在日晒时最为清醒
大海不经意间拥你入怀

海岸再阔，在天空眼前都是孩儿
白裙再白，在云朵下也只是妹子

风扶着椰树受伤的腰枝
每一次滴沽，都是一首爱情吟诵诗

沙粒静悄悄地躺在柔软的滩脯上
给无数少女足浴按摩，汗蒸脚丫

白云把北海的天空擦拭得瓦蓝
等待太阳和风筝倾情出场

揽车在高大建筑与椰林间缓缓穿梭
把海鸥、游咏装、涛浪一一放映眼帘

走下揽车，伫立风中
向邮轮漂浮处望去……

摘一朵浪花戴在胸前
我便是大海里的新郎

情驻八达岭

城墙下的树，长成两千年前的意象
烽火台上韵律，合仄未来阳光

你的眉目上下，锁着万千河山
你是我炎黄赤子，最壮丽的篇章

八达岭，我用一辈子去解读
每读一次，都有山风从秦吹来

上一刻，我听到那熟悉的鼓点
在八达岭枫叶上寻觅一世
下一刻，我看头颅生长成阶梯
质地伟岸，气节风骨

智慧与血肉堆成子孙仰望的高度
坚韧与浩大填满时空每一寸虚无

记忆已千疮百孔
肩并肩走过冷暖的石头

以平静对待日月星辰
王者的瞳孔，嵌入蓝天白云

把身躯交给蓝天，把灵魂植入大地
把诗意托付日月，把评判交给清风

踩着石头踩着先人脊梁
走成一段沧桑的文字

注：以上六首发表在中国诗歌学会，2023.08.28 于北京。

第三部分

在《诗刊》《中华诗词》发表诗词三十首

鹧鸪天•赞魏静

下派支书旧貌除，青春拚却脱贫殊。从今山水魂牵绕，种下深情亿万株。　　穷脱困，苦需扶，农家笑语比仙姑。村民恳切真情送，祝愿前程旭日初。

发表在《诗刊》社 2021 年 5 月上半月刊即总第 856 期
2021 年 5 日 1 日出版

致敬钟南山

力挽狂澜一伟钟，悬壶济世寄情浓。
临危武汉除妖孽，受命江城战疫凶。
感动神州当榜样，系心百姓作先锋。
中流砥柱擎华夏，日月勋高五岳恭。

发表在《中华诗词》（2021 第四期）并荣获《中华诗词》杂志 2020 年“第 17 届中华诗词金秋笔会”优秀奖

敬挽袁隆平

山河垂泪忆隆平，去饿温饥战此生。
花酿蒲衣彝鼎重，叶书稻种锦囊盈。
三川驾鹤云陪辇，五岳乘龙月照鲸。
禾下汗斑收隽秀，天堂御赐慰功名。

发表在《中华诗词》杂志(2021 年 5 月 23 日)沉痛悼念“杂交水稻之父”袁隆平院士 诗词专辑（3）上

贺神舟十二号载人飞船发射成功

巧遇锤镰百诞红，三英坐箭跃苍穹。
空间建站星河让，气宇欣瞻地月通。
百载倥罡圆大梦，九霄探测住仙宫。
操持精准零疑惑，后羿豪情耀浩空。

发表在《中华诗词》杂志 6 月 18 日【诗说时事】祝贺神舟 12 号升空暨与核心舱对接成功上

敬挽赵京战老师

苦耕诗海古稀长，汗水浇开百卉香。
新韵之功无以报，行星一颗作勋章。

发表在 2021.7.5《中华诗词》杂志“悼念赵京战先生挽诗挽联”专辑（三）

祝贺嫦娥五号回家

九天揽月梦初圆，地外科研著锦篇。
点火苍穹精采样，嫦娥五号勇超前。

发表在 2020 年 12 月 19 日《中华诗词》微刊即我有话对嫦娥说“庆祝嫦娥五号探月工程圆满成功征稿选登”上

贺中华诗词第十八届金秋笔会召开

金秋盛会涌高才，在线名师智慧裁。
轻唱诗经风雅去，潜研词韵比兴来。
又添雄志歌千阙，再展宏图梦百回。
妙笔生花胸最阔，真情澎湃凤凰台。

发表在 2021 中华诗词第 18 届金秋笔会（网络）隆重召开 贺诗集锦（4）上。即 2021 年 12 月 13 日

蝶恋花·回京过年看奥运

奥运来临心已沸，四海宾朋，竞技排成队。风剑冰刀镶雪里，雄关漫道居庸翠。　　友谊花开燕勒计，滑道飞车，虎健呈青卉。五色旗儿甜梦醉，燃烧圣火京城美。

发表在【诗说时事】喜迎北京冬奥会开幕贺诗集锦（一）中华诗词杂志 2022.02.4

鹧鸪天·《伟大征程》观后

一路风雷一百秋，南湖烟雨忆风流。剖肝沥胆群英聚，扫海排山众志酬。

风雨路，雪霜舟。小康图里庆丰收。初心不改豪情在，破浪扬帆更上游。

发表在《中华诗词》2022 年第 3 期。荣获 2022 年《中华诗词》杂志社举办的第十八届中华诗词（网络）金秋笔会优秀奖

贺中华诗词学会网改版步周会长韵

月光如水洗娇妍，涉海跋山俱等闲。
一网国风飘雅处，嫦娥织韵在词间。

发表在《中华诗词学会网站改版升级贺诗选刊（五）》中华诗词学会官方公众号 2021.9.11

神舟十三号返回地球赞

航天娇子舞翩跹，华夏超骧盛空前。
巾帼须眉承国梦，乾坤笑语振龙渊。
白茫霄瀚建新站，玉宇苍穹越奥璇。
最美三雄多飒爽，蟠桃摘起似神仙。

发表在《诗说时事》神舟十三号归来贺诗专辑(3)中华诗词杂志 2022.04.18

沁园春·梧州颂

壮美梧州，百越之地，锦绣新翻。忆南巡舜帝，传耕骆越，两梧苏子，历险惊叹。唐代为州，今朝成市，翠柳莺啼百姓安。圣贤处，赏三陈四士，翘楚金銮。顾看历史烽烟。　　迈正道，忠良喻桂兰。阅抗清崇焕，千人赞颂，东湖廷举，万户盈欢。乍喜还惊，恩来宣战，北伐中山摘桂冠。传大爱，继追民族梦，道路更宽！

发表在《诗咏梧州》中华诗词学会官方公众号 2022-09-12

西江月·江山

湖海苍天铺锦，山川大野歌飞。初心追梦耀光辉，到处呈金叠翠。
围困千重何惧，长征万里难谁？九州昌盛挟风雷，与我中华共醉。

发表在诗颂新时代，庆祝二十大（三）中华诗词学会官方公众号 2022.10.25

神奇张家界

千崖万壑久奄藏，石笋嶙峋聚一方。
玉帝出题歌峻壁，女娲入镜舞霓裳。
孤峰独傲苍穹外，百卉多情墨海旁。
韩信点兵天子洞，且行且乐问张良。

2022.11.10 发表在 2023 年《中华诗词》第 2 期即中华诗词杂志 2023.02.08 荣获 2022 年《中华诗词》杂志社举办的第十九届中华诗词（网络）金秋笔会优秀奖

鹧鸪天·中华诗词第 19 届金秋笔会抒怀

风雅诗心网上栽，清新美句入怀来。一湖秋色浮梅影，几页毫笺掩雁腮。

词已尽，意难来。疫情孽障梦全埋，骚坛律振星光灿，万里书征有俊才。

发表在《中华诗词》杂志社第十九届（网络）金秋笔会贺诗专辑（九班）2022.11.08

鹧鸪天·兔年寄怀

退去寒霜虎步收，欣逢癸卯兔相酬。期颐圆梦人心长，肇启新元川野游。

登浩宇，赞神舟。琼楼阆苑景多优。高唐清韵千秋话，怒放春潮荡九州。

发表在【太簇雅音】《中华诗词》杂志社新春贺岁专辑（2）上

步周文彰会长《雷锋精神永恒》韵

六秩含情润华年，螺钉不锈锃山川。
分明憎爱忠于党，典范高吟续锦篇。

发表在《中华诗词学会官方公众号》 2023年3月6日

洞宫水库（二首）

（一）

本是穹苍一泪珠，无心化作此仙湖。
轻舟碧水飘飏过，来送春风入画图。

（二）

洞宫湖里锦鳞游，旖旎风光一望收。
一曲政和萦耳畔，鸳鸯水上醉人眸。

发表在2023年3月7日《中华诗词》第3期

江城子•清明祭双亲

又逢寒食祭双尊。玉盘珍，纸钱新。续柱心香，遥叩诉悲文。特问天庭安乐否？居可逸，酒宜醇。

休将往事念儿孙。诲言殷，永铭遵。勤勉终身，难忘养儿恩。最恨今生无以报，频洒泪，悔无垠。

发表在《中华诗词学会官方公众号》2023年4月5号

赞“五一”劳动者

砖刀一把砌苍穹，胜地中桥映碧空。
双手描摹山与水，铁肩扛起阙和宫。
千条道路凝心筑，百座新房智慧工。
劳动光荣君切记，人民至上万年隆。

发表在《劳动最光荣（下）》中华诗词学会官方公众号　2023.05.02

卜算子·赞六一

又遇艳阳天，最酷儿童节。子美诗词诵此间，世事初明彻。天真贯此生，山暖熏云月。自此谦谦意向前，或许成英杰。

发表在《人生最美是童年（下）》中华诗词学会官方公众号　2023.06.03

中秋寄怀

又到中秋国庆逢，山河四处尽花丛。
临风煮酒弹新曲，对月邀娥赞伟功。
为客他乡人瞭望，思亲此际爱朦胧。
神舟洒脱苍穹逛，寂夜书笺耀碧空。

发表在《天涯共此时（癸卯中秋三）》中华诗词学会官方公众号 2023.10.03

浣溪沙·西岩行

心在西岩湖畔行，秋风频送鸟啼轻。
白云碧瓦映幽情，一曲抖音侵古道。
两行浊泪恋乡亭，少年旧爱最难平。

发表在《中华诗词》杂志（2023.10）上

参观焦庄地道战旧址

巧布空间地道庄，人民战役放光芒。
草堆老井强兵现，土炕颓墙少壮装。
对阵行军方院勇，进村扫荡隐坑慌。
英雄赤胆歼倭寇，激我豪情下笔香。

以上五首发表在第 20 届金秋笔会诗词专辑（第 6 组导师：刘庆霖）

中华诗词杂志 2023.11.04

第 20 届《中华诗词》金秋笔会（北京顺义花水湾）（四首）

（一）

花水湾前骚客迎，唐诗宋韵献师情。
浅山枫叶撩人醉，文脉京郊灿锦程。

（二）

中华诗词有宝刀，金秋笔会涌清涛。
骚心初染媚花径，意象才情最自豪。

（三）

笔会金秋总是歌，梅开四度写诗多。
我敲平仄轻松笑，出口成文柿满坡。

（四）

听课吟诗花水湾，秋鸿振翅赴燕山。
东西南北真情漾，三百骚人笑六环。

注：作品《沁园春·登长城壮怀赋》在《中华诗词》杂志举办的 2023 北京顺义金秋笔会中荣获优秀奖并发表在《中华诗词》杂志上。

以上 29 首诗词发表在《中华诗词》杂志纸刊及中华诗词学会官方公众号上

第四部分

在《中华辞赋》杂志上发表诗词十三首

缅怀喀喇昆仑戍边英雄

无悔青春铸魄魂，一腔碧血写功勋。
戍边伟志英雄胆，守土平生忠义心。
冰雪皑皑强脊骨，风霜冽冽化鹏鲲。
人民传颂史铭记，无恙山河有巨神。

发表在《中华辞赋——致敬，屹立喀喇昆仑的边防英雄（第二辑）》

建党百年

南昌炮响党旗鲜，解放丰功玉宇娟。
赶走熊罴辞旧梦，驱除虎豹换新篇。
初心不忘宏图展，统战更寻大志延。
大哉中华圆伟业，同舟共济凯歌旋。

发表在《中华辞赋》2021 第四期。

昆仑英雄赞

忠诚伟岸护国门，致敬飞鹰演战神。
神勇驱狼除虎豹，凛然正气御昆仑。
英雄献义安华厦，群众呈花慰战勋。
铁血翻腾掀巨浪，旌旗高展铸冰心。

发表在《中华辞赋》2021 第四期

孙一文夺女子重剑金牌赞

从来齐鲁育英豪，一剑封喉惜宝刀。
五色彩旗中华艳，炎黄洒脱染征袍。

发表在《中华辞赋》【微诗集】奥运诗词选 2021. 8. 21

从教三十五年有感

华年无惧雨加霜，褪去红颜露雪妆。
踏岭裁霞铺锦绣，传经布道撰辞章。
舌耕宿柳终不悔，笔种新梅必砚香。
莫怨栽花开未好，几千桃李尽芬芳。

发表在《中华辞赋》【微诗集】教师节诗词选（2021. 9. 10）

对　联

百年风雨兼程，伟梦欣圆，阆苑黄金粟；
万里山河无恙，新程肇启，天阶白玉盘。

2021. 9. 19 在《中华辞赋》【微联集】中秋对联选中发表

画堂春·学习党的十九届六中全会精神

秉承马列举旗红，初心又遇春浓。启程携手沐东风，崇敬英雄。
擘画百年宏业，征程无畏前冲。振兴华夏志如松，筑梦如虹。

发表在《中华辞赋》全国作者学习党的十九届六中全会精神诗词选
（第一期）上　2021. 11. 22

喜迎中国作家协会第十次全国代表大会召开

红船逐梦九州晴，快马扬鞭续远征。
百载辉煌藏史册，六中盛会耀前程。
扶航破浪核心引，换届传旗晚辈成。
喜著文章思孔孟，融情奋进再深耕。

发表在【微征诗】喜迎中国作家协会第十次全国代表大会召开 中华辞赋

2021.12.04

学习党的十九届六中全会精神

百岁红船破浪航，扬帆万里气轩昂。
英雄儿女真豪杰，昌盛家邦惩恶狼。
致力民生传喜讯，同商国事固边疆。
齐心迈向康庄道，华夏城乡沐艳阳。

发表在《中华辞赋》2022 年第 1 期目录中华辞赋 诗刊社 2021.12.24

喜迎中国作家协会第十次全国代表大会召开

红船逐梦九州晴，快马扬鞭续远征。
百载辉煌藏史册，六中盛会耀前程。
扶航破浪核心引，换届传旗晚辈成。
喜著文章思孔孟，融情奋进再深耕。

发表在【微征诗】喜迎中国作家协会第十次全国代表大会召开 中华辞赋

2021.12.04

端午即事（二首）

一

五月端阳正气来，故人不见谒高台。
忠魂一去《离骚》在，欲从灵均吊俊才。

二

端午佳人独掩门，汨罗空忆倍添痕。
英灵已去忠诚在，不负千秋爱国恩。

发表于《中华辞赋》端午节特别版·诗词专号（二）2022.06.03

学习党的十九届六中全会精神

百岁红船破浪航，扬帆万里气轩昂。
英雄儿女真豪杰，昌盛家邦惩恶狼。
致力民生传喜讯，同商国事固边疆。
齐心迈向康庄道，华夏城乡沐艳阳。

发表在《中华辞赋》2022年第1期目录中华辞赋 诗刊社 2021.12.24

过 冬

鹅黄熏肉味庭庐，时遇隆冬好读书。
径外丹枫迎晚霁，窝中赤兔盼春蕖。
松寒野岭凝冰挂，竹翠沿河钓水居。
傲雪红梅依旧俏，周公有梦伴萧蔬。

发表在【微征诗】冬之韵律诗词集萃原创 编辑部　中华辞赋 2022.12.09

第五部分

《新诗选刊》发表诗歌九首

每一颗星星都扛着沉重的天空

每一颗星星都扛着沉重的天空
温润的山河才能呼吸甜美空气

钉在这些石头上的尖兵呀
喀喇昆仑是他们高昂头颅

他们头顶的帽沿儿
坚强如祖国的屋檐

眼睛亮成苍穹里的星星
军大衣绿成祖国茂盛植被

他们的皮肤
皴裂成黄土高原的褐土

把祖国的山峦画成你们的英姿
把长江吟诵成您们高尚的血脉

驰骋在草原上的一群战马
化成你们鲜活的灵魂

你们是祖国的一块界碑
也是铮铮铁骨的一座丰碑

祁发宝、陈红军、陈祥榕、肖思远、
王焯冉，一声声叫唤你们的名字

数年之后，这里会长出五座高峰
座座如青藏高原挺拔

有的，像老鹰张开翅膀
有的，像石头缝里开满鲜花

有的像一面旗帜
尽管脚还夹在巨石缝里却站成永恒

他们共同构成炎黄子孙
骄傲的英雄雕像

在祖国的任何一处
我仰望星空

都可听见，苍穹铿锵的回音：
“祖国山河，一寸不能丢！”

2021.2.24

喀喇昆仑也雕刻我们的灵魂

这里风是尖刀，雪最荒凉
离天最近，离死亡最快

冰河彻骨，万里投荒
红军、祥榕、焯冉、思远

像一朵朵夺目的雪莲花
忠诚的爱，泛着圣洁的光芒

他们是鹰，在天空卷起万丈雄风
张开双臂，绵延成巍峨的昆仑

终年不化的加勒河谷冰川呀
紧紧握成痛击侵略者的铁拳

八千米的山峰，挡不住你的热血沸腾
五角明星，高挺着和平与正义的骨骼

三江源头的清溪，承载着高粱的芬芳
戍边守国呀惊日月，壮士护民托碧血

寒山热血的英雄谷，昆仑馀生草木香

团长挺身拦象寇，官兵拼命护龙门

英魂接近白云，热血化作旌旗
祖国领土神圣，绝不容许侵犯

高原沃土埋忠骨，界碑庄严情意长
疼痛日夜擦拭枪与子弹

每一块石头都是一名战士
身上的战袍就是祖国边疆

滴血的心重读捍卫者的誓言
忠骨和大义在界碑猎猎发光

2021.3.9

读　雪

我心里下了一场温暖的雪
把你的身体和灵魂融化

洁白的花瓣上
粲然绽放着美丽的忧伤

把发霉的心情，抱出去晒晒
打一次雪仗，接受一场风刀的洗礼

这场阳光缺席的救赎
在鼠年一次次变成老虎

飞进牛年的万水千山
化为龟甲兽骨的经典

五百年的江山祭奠
只为一刹那的倾城

一颗心在浅海里浮游
唇齿间一条蜜河悄然流淌

已经被你的名字和容颜

占领了的高地

心中的雪，婉约成一行情诗
那是我读你千篇也不厌倦的壮丽

2021. 1. 16

把诗写在星辰慈壁上

把诗写在灵魂最隐秘的地方
那里，藏有自己的良心指纹

把诗写在星辰慈壁上
以自己的黑暗擦亮世界

每首诗都是有关人
每个人都是一首诗

有的人有文人相
有的人只有诗人皮囊

就像有人会长成母亲
而有人只是一棵植物

2021.1.15

总有一场雪为你而来

昨夜我睡着时，悄悄来的
没有敲我的窗。它只是盈盈地
赠予我一份不约而至的惊喜

它终会带着自己的那一抹莹白
或在子夜，或在清晨，悄然来临
与我素净相见

纵使，岁月沧桑了心境
时光霜白了青丝，亦该无悔
经过的一川又一山

安心等一场雪，就像安静等一个人
不急　不燥　不嗔　不怒

人间情多，心简单琉璃
别过那些无谓的纠缠
放下那些不该执着的执着

只留下一份如雪的心绪
在云水深处，与时光轻轻语
与流年落落为安

红尘婆娑，过客匆匆，总有一场雪
为你而来。且让我们燃炉，梵香
慢慢等待

慢慢等它，以剔透的美
入了你洁白的诗行
入了你朴素的日常

风雨之后，必有彩虹
熬过长夜，必是黎明

时光如雪，童话了世界
你的人生，也终将变得美好而闪耀

无论世界有多大，擦肩有多少
总有一个人为你而来
总有一场雪为你而来

2020.1.2

我曾为这个世界彻夜不眠

幽灵终于来到我的梦里：
屠刀将把我送上云端
少女蓬勃的广场
在时间的敲击下沦为废墟

南渡的飞雁
请代我向远方的故人问好
我去烟波里坐坐
可以将黄昏倒过来阅读

书桌上的青花
亲情作仰望
读到一粒沙的沉默
我已落叶纷飞

长着一颗羞愧的灵魂
内心不止一只魔鬼
没有给爱人买过一枝鲜花
我羞于称自己为诗人

站在荷中央，轻轻拨弄转经筒
心中的王峨冠博带，册封万古山河
我曾为这个世界
彻夜不眠

2020. 11. 10

落叶在寻找一个能够歇脚的地方

曾经鲜嫩鹅黄
曾经像鲜花一样怒放
曾经在一朵菊花里坐禅

落叶当然知道，风无过错
曾吹绿它的年轻，让枝头显荣
以怨报德，绝非叶氏家族的品行

寂寞　钻进诗海
丰盈着的葵花它会结出爱情的籽
在某个深夜散发出硕香

落叶深情回望，将梦留在了枝头
黑龙江不黑，乌苏里江侧畔
一早迎来了雪娘的素颜

有时新陈代谢并非坏事
如果你对这世界还有份余热
就不必去埋怨秋天的向晚

甚至冥冥中会有所期许
当冷风又敲醒破落的门窗

而你，就要临窗而入的晚秋的雨……

日光与月光一合掌
就叫碰一杯黄昏与夕阳
而跌撞入怀的是一生累积的海洋

是谁的背影在寥廓长天踉跄而行
在搁浅的港湾，站成了彼岸幸福的凝望……
想飞的心，已积了一层厚厚的霜

2020.11.17

诗句会发表在下一个春天

落叶全都回到树上
翻看自己的余生
月亮爬上东山值班

灯光也畏惧黑暗，它要
把更多的黑暗留给夜，留给
在黑暗的边缘瞭望黑暗的眼睛

一群诗句在群山中起伏
一棵树穿上词语的外套
此时，霜已站在一本旧书里

我混在人群中丢失一首诗的灵感
所有的白天都在黑夜里生长
叶脉里有千万个太阳殒落

玫红的长裙在古巷里飘
惊飞了旧梁上的燕
每一朵花芯里端坐着一个的黄巢

走进黑暗里把自己的影子杀死
树在构思新的诗句会
发表在下一个春天

2020. 11. 7

千山万水就当是伏笔

那一世，我在河之畔
等你前来赴约，你身着素衣
轻灵婉约，无比温馨
嘴唇上飞出心底的蜜语
落在彼此的心房，斑斓了似水流年

菩提树下，书一卷往昔
再等一世尘缘，只为再看你一眼
没送出去的这枝玫瑰
我自己细细修剪，我能做的
也就这么多。sorry！

我把自己的诗也撤了下来
相思在夜色中奔跑
你从忧郁的天空掰下一片月光
思念的青藤从心底悄然滑落
千山万水就当是伏笔

2021.5.22

第六部分

《人民日报》客户端发表诗歌五十四首

一、敬和《中华诗词》周文彰会长诗词韵（12首）

敬和周文彰会长《苍梧》

黄钟大吕响梧州，
文脉清涓广信流。
击楫踏波飞五岭，
鸳鸯高唱力争游。

原玉：苍梧

周文彰

岭南文脉自梧州，
吾是源头粤是流。
挺立今朝凌绝顶，
三江奔富上层楼。

敬和周文彰会长《六堡茶》韵

梧州六堡久扬名，
半盏醇香四境清。
一滴甘霖方入口，
在场陆羽亦心惊。

原玉：六堡茶

周文彰

原生六堡得嘉名，
秉性温和表里清。
一泡醇汤方入盏，
淋漓香散满堂惊。

2022.8.14 于梧州

贺中华诗词学会网改版步周文彰会长韵

月光如水洗娇妍，
涉海跋山俱等闲。
一网国风飘雅处，
嫦娥织韵在词间。

步周文彰会长《诗咏运河》韵

京杭漕运已多年，
雁塔三湾俊鸟旋。
四省通衢连两市，
拈来妙句赞新天。

原玉：扬州讲坛作大运河与《诗咏运河》讲座

周文彰

河通南北已千年，
始有诗书串简编。
诵入星云花雨散，
归来喜见艳阳天。

注：2021 年 7 月 18 日上 9:32 作于从扬州到镇江途中。

卜算子·步周文彰会长贺北京冬残奥会韵

情暖五环鲜，肝胆冰壶到。拼搏心雄轮子骚，情满冬残奥。
壮志胜天高，蛇影如狼豹。领奖台中靓国旗，夺冠炎黄傲。

2022.3.6

步周文彰会长《卜算子·一起向未来》韵

最艳五星旗，无愧中华杰。竞技谦谦北京城，独爱玲珑雪。
五环耀神州，情意难分裂。丝带连心报春来，玉宇梅魂热。

2022.2.6

卜算子·步周文彰会长《钱塘江诗词展示馆》韵

秀景映清波，波壮摇楼影。影裹书香溢美墙，墙上藏风景。
景致太迷人，人画诗中境。境美诗滋唐宋雨，雨润儒林醒。

原玉:卜算子•钱塘江诗词展示馆

周文彰

渔浦泛清波，波漾徽楼影。影外书香洒满墙，墙上皆风景。
景致最迷人，人入诗中境。境界宏开世纪风，风卷秋声醒。

步周文彰先生韵

诗坛奋进已多年，一代鸿儒种玉田。
当下正萌梅嗅早，好词明日入云天。

原玉：

周文彰

飘然一瞬入新年，
遍野东风起翠田。
好运涌来春色早，
愿君牛气爆云天

步韵敬和周文彰会长五代会感言

京都延淑景，旭日启云天。
几代丰丘壑，今朝敬士贤。
德诚滋中外，风雅润方圆。
赋得繁华曲，初心亮梦篇。

附原玉：

当选第五届中华诗词学会会长感言

周文彰

学诗初上阵，岂敢料今天。
不负千斤担，多思万口贤。
吟哦从俊杰，管理尚方圆。
追梦新程始，歌当献美篇。

卜算子·步和周文彰会长战疫词

疫染瘦西湖，词界风雷涌。剑笔心枪围堵追，妖孽心生恐。
五言浓墨挥，七律深情动。千里驰援月亮城，共把山河颂。

原玉:卜算子·致敬中华诗人词家

周文彰

祸闯广陵城，四海真情涌。字字冲霄化剑锋，直令瘟神恐。
诗赋亦非凡，一吼风雷动。万马奔来响飓潮，唱我中华颂。

步周文彰会长
“贺叶嘉莹先生荣获‘百年诗星’荣誉称号”韵

宗师一代总归根，
独具词心亘古魂。
半世飘零杨柳绿，
摘星在手百年尊。

附原玉：贺叶嘉莹先生荣获“百年诗星”荣誉称号

文/周文彰

飘零游子总归根，
诗是心头亘古魂。
播遍吟坛千顷种，
修成自在百年尊。

2023.10.7

步周文彰会长“沈鹏老仙逝之日夜悼”韵

夜半登峰势不孤，
书坛兢业展宏图。
曾临异域光犹在，
墨海掀涛粒粒珠。

附原玉：沈鹏老仙逝之日夜悼

文/周文彰

夜半重翻诗与书，

音容历历眼前浮。

巨星虽逝光犹在，

墨洒山河字字珠。

2023.10.7

周文彰，中央党校（国家行政学院）教授、博士生导师，中华诗词学会会长。长期从事理论研究和教学工作，出版著作和译著30多本，主编丛书10多部。爱好诗词和书法，出版《周文彰诗词选》《诗韵校园——国家行政学院校园诗》《感恩第二故乡——海南诗书作品集》《诗咏运河》《会长的使命——源自中华诗词学会的体验》等书，曾任第五届中国书协理事。

二、放心吧　亲爱的祖国（外一首）

（一）

站在了岁月的路口，闻着爱的气息
祖国，亲爱的祖国
今天让我为您捧出那庆生的花朵
今天让我用深情的文字
把感动镌刻在胜利的枝头
带着一颗诚心，在稿纸上插秧

74 年披荆斩棘，岁月流转
从“站起”“富起”到“强起”
盛世中华，山河远阔，国泰民安

赏天上的月，尝人间的饼
国有岁月芳华，家有山河锦绣
每片山河都洒满灿烂阳光
每缕阳光都在心中发亮
饱满的玉米，沉稳的高粱
地里，所有庄稼都将激情昂首

（二）

盛世同辉鉴华章，菊韵满城迎国庆
中秋国庆同一天，合念就是“中国”

十月，不止是季节，更是庄严
十月，不止是喜乐，更有天伦之乐
十月，你好
你是金秋的预告者
将夏日的炎热温柔地推开
把凉爽的秋风引向大地
十月，你是大自然的狂欢
斑斓树木披上了金色新装
国庆让我种上芙蓉花，捉只吉祥鸟
栽根富贵竹，我的短信裹着吉祥

（三）

将串串英雄名字，燃起一堆希望篝火
诗人用星辰作笔，以旭日为墨
写下壮丽的诗篇
我要用我的诗歌和心跳
去呼唤着祖国的名字
去拥抱金秋的十月

每一片菊瓣都隐藏一首诗
每首诗都合辙共和国脚步铿锵
祖国，亲爱的祖国
你是东方腾飞的巨龙
你是已然苏醒的雄狮
放心吧
你的儿女已茁壮成长
他们会用强有力臂膀，挽起壮丽山河

2023.10.3

千年的玉盘不忘把期望托起

无数的鲜花布满了祖国的金秋
十月的大地，稻谷飘香
十月的天空，彩云飞渡
从波涛汹涌的东海到渔舟唱晚的南疆
从霓虹灯闪烁的都市到炊烟袅袅乡村

每一棵高粱，每一棵玉米
都是祖国母亲激昂的音符
每一座高山，每一畦菜地
皆成一首诗歌绝美的意象

我偎依在祖国母亲臂弯里
吮吸桂花酿出的甜蜜，吃月饼
尝豆荚，不知不觉月亮从酒杯升起
每一片月光都指向历史的深空
每一个秋月照常照亮遥远边城
跳动的心，贴紧十月
默看空中的一抹抹红——正气浩然

（二）

沉沦了千年的玉盘始终不忘把期望托起
从一首古诗中走来的月，明亮皎洁
明月啊！你是宇宙的诗人
人间的诗人向你频频举杯

当中秋和国庆双节相约而至
我们惊喜地读到了你
更加皎洁更加圆满的诗篇
熊山上的红叶在痴情地等待
田野的小黄花按奈不住内心激动
连同河中的鱼儿枕着流水的诗韵

七十四年了我的祖国，你饱经沧桑
却又不失傲骨，洪水无情
你带领我们奋力抗洪，疫情顽固
你带领我们战胜了病毒

红日喷发，气势磅礴
胡扬临风，神丹凌空
所有灯火阑珊都是致敬的诗歌
每片红叶浪漫都是向祖国汇报
你心不再如舟，我岸不再如梦
守着今晚一轮明月
中秋月吻着国庆韵辙
明天旭日必定更辉煌

2023.10.3

三、你寄来的清辉，照亮了我的中秋
——2023 中秋赏月

（一）

我把《月光》写了半辈子
今夜注定辗转反侧
寄来的银辉，安慰我的心慌
遍地的芬芳，抚摸我的沮丧

在昂首和低眉之间
美丽月光将与我分享
把唐诗搁在前朝的枕边
将宋词放在冰冷的床沿

派一人去初唐带来落霞与孤鹜
从腾王阁秋水长天中回来
派个人去大宋问问李清照
是否还是凄凄惨惨
轻解罗裳独上兰舟

（二）

头顶上的月，愈来愈浩荡
我走在没有边际的旷野
所有的月亮，都是故乡那个月亮
它们一碎再碎，是经书在人间失传

我走了那么多地方，还是要回来
周庄、西塘、乌镇、姑苏、上海也罢
唐朝的月亮是李白的
你心灵的月亮又是谁呢
山河辽阔，在我体内建造天堂
也许是我为你点燃一支蜡光

（三）

在异地啃着月饼的游子
总把梦，寄回遥远山关
抚摸额前的月纱
放下仙风道骨，秋体取出茫然

月亮，总在深夜看我
所有的暮色纷纷避让
用痛苦擦亮这祖传
守护深井古朴月亮
正视苍生圆缺
慈悲生命原装

2023.9.29 中秋节

四、文旅江浙沪采风现代诗二首

红船新赋

（一）

那一艘红船，从嘉兴南湖驶出
在井冈燃起星星之火，在延河岸边燎原
推倒恶山，摧毁牢笼
粉碎暗礁，消灭水匪
排除一切，壮大，壮大，再壮大
驶遍涧溪河川，远航五湖四海

那一艘从南湖出发的红船
从西柏坡到中南，挥洒宏伟诗篇
让蘑菇云放射中国威力
让东方红卫星在宇宙畅响

那一艘从南湖启航的红船
在一位老人的慈祥目光中
奏响改革开放的序曲
伴随中国梦的构想

中国红船扬帆远航
祖国的明天定然花好月圆

（二）

那一艘红船

辟地开天寻义路,爬山涉水觅朝阳

南湖画舫,晨曦灿灿;北斗光辉,星汉茫茫

志士云集壮举,红船争渡曙光

乾坤定志,浩然国魂史册

日月增辉,飒爽英姿华章

南昌起义，卷甲衔枚

潮头引领，乘风破浪

会师井冈，诞生力量

风萧萧兮，湘江激流

路漫漫兮，长征伟壮

呜呼兮

怒发冲冠，谁主沉浮，百孔千疮

精忠报国满江红,强兵勇将

百万雄狮，千秋政党

（三）

幸甚哉!

如炬红船，锤镰扬帆

刺波黑暗，赤心如磐

遵义会议，舵手确立

飞奇泸定，大渡桥横

凤凰涅槃，宝塔冲天

浴火弥坚，圣地延安

雄鸡一唱，日出东方
开国大典，人民做主
逝者如斯，神女无恙
只争朝夕，万年太久

中国革命，红船为源
中国建设，红船掌舵
秀水泱泱，青春不老
南湖精神，心中永驻

丹青玉德，翰墨圭璋
往日风云，今朝光芒
得天独厚兮百年盛世
风骚独领兮一代仙航

2023.9.25

周庄，我将与您相约

（一）

这里没有雨巷的丁香姑娘
也就没有颓废的惆怅
这里没有康河柔波的水草
却有南湖浩淼，元明清古玩

九百年的时光浸染，点亮了江南

悲欢离合的传奇，记载了沧桑
手摇船载着千年的历史烟云
从时光中缓缓行来
身着蓝色碎花布衫的船娘笑盈盈
船行深处，尽显水巷的清幽旖旎

（二）

走进周庄，心里嘀估
不知哪扇门会走出董小苑姑娘
游览周庄，也许可以聆听到
柳七将一阕小词低斟浅唱

红绸、红船、红灯笼，演绎着
周庄人一生中最高光时刻
披罗衣之璀璨兮，珥瑶碧之华琚
款步上桥栏，细腰摆、婀娜柳蛮

穿旗袍的江南女子
撑一把油纸伞
回眸间巧笑倩兮
为夜色添几分风华
几枚铜钱，坠入聚宝盆
一块许愿牌，挂在财神树上

日进斗金，摸财运珠串
沈万三一世传奇
江南水乡一代望族
一帧帧跃然于前

（三）

九月江南菲芳未尽
水乡深处是前朝的梦，是乌蓬船
一座座精巧的建筑
丰腴了周庄腔调

诗人们灼热情思
折叠迷人的缤纷
把所有的春天
都揉进水乡里

周庄的自信
涌动今朝奋发，衍生明日传奇
在摇橹声中，在青石缝里，飞珠迸玉
化作绚丽诗篇，一起馈赠于你

2023.9.6

五、江浙沪文旅采风现代诗（二首）

遗梦西塘

（一）

是谁披着广寒宫的外衣
枕着星星入眠
又是谁在我的肩上
将一塘翠波揉碎

一座座石拱明月
还在窗前痴痴等待
雨巷油纸伞撑出了
半城乡愁

西塘，从唐宋走来的小镇
是江南一首璀璨的抒情诗
唐宋遗落的婉约惆怅
粉墨了一塘秋水忧伤

吴浓软语
镌绣了别离情肠的小桥古巷
风再热情，只是吹皱一池秋水
杨柳多情，却摇曳一湖波共醉

偶或，我会想起西塘
西塘，是否会想起我
无廊桥，不西塘
无月色，不梦乡
昨夜，是谁月下凭窗
谁又遗梦西塘

（二）
未临江南，西塘只是一个传说
亲临古镇，西塘垄断朋友圈网络
水中有船，船上有故事
白云在水中沐浴，水珠在莲叶打坐
九河交错，宅弄流影
白墙灰瓦，一袭烟雨
上下影摇波底月，小巷流转多少风流人物
往来人度水中天，油纸伞撑起了几番风情

雏燕画檐，笑看多少古韵灯笼
乌篷船里，艺术评弹掷地有声
吴语江南，晃动千古流液
石桥暗柳，勾住多少灵魂
借用那无根之水
煮熟江南的风烟
朝圣者的心
去度量这里草木觉醒
一幅画浓缩一个时代
一塘水沉浮一段历史

2023.9.25

偶遇乌镇

（一）

是谁撑着戴望舒的那把雨伞
掠过凉凉秋风，游弋水岸江南

是谁把乌镇当作一本书
黛瓦白墙，每天被人翻来翻去

那湿漉漉的乌篷船
撩拨着酒色沁透的意境

每个眸子吹醒风情的乌镇
流淌在无比风情的神圣

乌镇是一幅画
一幅美得不能再美的水墨画

乌镇是一座桥，昭示时光的魅力
诉说光阴的故事

（二）

我本无意入江南，奈何江南入我心
风穿旧埠，日影访阁

我坐在前朝的渡口
看乌篷船来回游弋

运河两岸的红灯笼
飘出杜十娘的凄婉

从春蚕到林家铺子，这个东方威尼斯
一只瘦笔写尽人生悲伤

那些弯弯曲曲的小巷，如一支支洞萧
您穿的旗袍，晕染了一幅水墨画

（三）

你把我沉入水中，把我的心漂出来
我把你揉进波里，可换取野绿

红尘的雨，叫我一生难忘
迷人的你，让秋风把思念遥寄

青石板路，依存旧日温情
古旧木屋，彰显历史沉重

夜幕下的西栅，披上一层华丽外衣
在千幅水墨画中，泛舟碧波

俯身洗衣女子
水一样清澈的眼睛
柳一样柔软的身段

那个女子心目中的男人

在这里摇着橹，踏着万里春风
划出了东栅，划出了江南

（四）

我不属于乌镇
乌镇也不仅属于江南
被情丝冻成死结的青石街道
那散布着丁香味的雨巷

那枕水的黛瓦白墙
那瘦弱的乌篷船
那白莲塔上被洗净的异域梵音
那穿桥而过后浣纱的姑娘

那阁楼上的幽怨情深
那撑着红纸伞的姑娘
繁华被烟雨浆得发白
喧嚣被太子书院的温润化解

扯一片雨景做成诗笺
把相思裁成柔柔的柳条
任它在春风中舞蹈
把亘古的留念种成雨后初晴的暖阳

红灯笼在微风中轻轻摇曳
映照出石板路的深深幽静
热闹的庙会与宁静的乡野相交融
乌镇，你是中国的一颗水墨明珠

2023.9.26

六、鹧鸪天·2023 教师节抒怀（外六首）

一缕师魂几世缘，半支粉笔未来牵。招来北大燕园梦，踏上清华水木天。

饮秋露，战冬寒。酬来艰苦李喧妍。河山万里高飞燕，桃李芬芳月最圆。

2023.9.10

第三十九个教师节

十年相见念吾师，甘做人梯展俊姿。
一片丹心天不老，几多成就业犹痴。
答疑岁月烛流泪，授道生涯我沁怡。
育得繁枝花艳日，与君同赋硕秋词。

2023.9.10（教师节）

鹧鸪天·从教 39 年有感

莫道晨星几寸光，润心何必请骄阳。一根粉笔铺宏业，两鬓霜花著华章。

培李艳，育桃香，春风一醉总芬芳。育来华厦多才俊，笑看尊师爱满堂。

2023.9.10

从教38年有感

华年无惧雨加霜，褪去红颜露雪妆。
踏岭裁霞铺锦绣，传经布道撰辞章。
舌耕宿柳终不悔，笔种新梅必砚香。
莫怨栽花开未好，几千桃李尽芬芳。

2023.9.10

江城子·园丁吟

熊山脚下育书郎，气轩昂，血贲张。格物致知，雨露润辉煌。三尺讲坛心慧献，言正道，赋诗章。

满园嘉树李芬芳，笔飘扬，鬓如霜。弟子三千，发奋凤池香。喜见桃花多少梦，秋果硕，胜春光。

2021.9.7

江城子·烛光颂

十年磨剑砺锋芒，孔朱旁，撰千章。疾笔丹心绝处嗅诗香。纵使前程多跌宕，披荆棘，笑风霜。

只图明日写金章，满弓张，刺天狼！学子挑灯，看剑把头扬。驰马飞花新意酿，追鸾凤，伴龙翔。

2021.9.7

水调歌头·红烛咏（中华新韵）

青春几时有？育李勿踌躇。却观白发频添，今日拓生途。你为前程拼去，一路星辰共舞！高处系金窟。未见汗滴土，何处论诗书？

潜斋阁，钻题库，困诗屋。不该有憾！壮志清北耀曦途。满眼离骚元曲，遍地李白杜甫。天下共耕读，愿望皆实现，济世一名儒。

2021.9.7

七、北方与南方
——全国第六届百家诗会上朗诵诗

（一）

我向往北方的宽广
也羡慕江南的苍茫

我栖息在南方
思念的雪花在心头飘荡

你拼搏在北方
踯躅人生道路，险阻且长

天南地北的山高水长
隔不断，轮回的千回百转

南方与北方
思念随季风来来往往
遇见你是宿命使然

（二）

南方有我可敬的故乡
北方住着我亲人及老乡

他们难得回故乡几趟
归期总是遥远漫长

北方有我至亲的弟妹和骄傲的侄女
南方有我同胞哥姐及慈爱的爹娘

北方有奔腾咆哮的黄河
南方有千里浩荡之长江

南方有李煜和柳永
徐志摩、金庸、余秋雨
北方有李白和高适
莫言、路遥、王蒙

（三）
听燕子述说，南方的浪漫
观俊马驰骋，北疆的雄风

南方的荔枝，思念北方的高粱
北方的大豆，依恋南方的麦浪

我出生在南方，心却向往着北方
我爱雪花，犹如爱江南女子的脸庞
皎洁明亮

从北方至南方，细雨斜阳
从南方到北方，暮雪千冈

醉里吴音相媚好
黄土高原，吼一声秦腔

（四）

我的南方
青苔碧瓦，雨巷丁香

你的北方
红泥火炉，大豆高粱

我的南方
文采风流，碧玉诗行
你的北方
铁血丹心，锦绣华章

你的北方——玉门关，雄壮之美
羌笛何须怨杨柳，春风不度玉门关。
我的南方——庐山，景色之妙
日照香炉生紫烟，遥看瀑布挂前川。

南方和北方，同一个祖国 同样的份量
风雪摇曳谁的悲伤

你的北方
牡丹花开，国色天香

我像一匹孤狼
思念它，是那么的疯狂

月亮都忘记她的微笑
直至星星敲打我的门窗

（五）
我的南方和北方
大兴安岭雪花，还在飞舞
岭南的柳枝，已经发芽
海南岛上，到处飘溢着椰香

我们的祖国多么广大
近得可以，隔岸相望
远得无法，用脚步丈量

大雁北飞，缩短了我去南方距离
燕子南归，表达着我对北方依恋
我的南方，一江春水滔滔东流
流去的是，美丽的往事和芬芳

（六）
我走过黄山、峨嵋、雁荡
寻找着我的南方
梦醒时分，定格在杨柳岸

我梦走驼铃，雄晖壮阔，塞外飞雪
苍茫一片山海关

我的南方，万顷稻田，鱼米之乡

雨打芭蕉、荷香轻飘，婉约又悠扬

你的家在飘雪的北方，恋上江南的暖
我的家在烟雨的江南，迷上北方的广

啊！我的北方和南方
我们永远的故乡和天堂

2023.5.21 于北京京燕饭店

八、文旅广西广东诗五首

北海银滩

南疆最美数银湾，碧水青空静日闲。
峰谷层层连续入，邮轮缓缓不时还。
掬沙老汉携孙乐，踏浪顽童装醉颜。
我自扬眉朝海啸，无私心底立江山。

2023.7.21 广西北海

南宁邕江即事

动态桢桢幻影推，逢源左右碧波开。
水光潋滟千鸥渡，郁木苍茫百鹭徊。
仙客倾情尘世露，霓虹逐浪梦中偎。
山前青秀攀丹桂，诗句田园万里栽！

2023.7.19

邕江闲吟

南宁翡翠意峥嵘，水润邕江急纵横。
小镇边防披锦绣，歌圩美韵壮青城。
花姿婆娑添奇韵，鼓乐弥漫画丽程。
倦鸟红霞飞四海，东盟盛会聚精英。

2023.7.19

参观中山纪念堂有感

扭转乾坤万古雄，弃医立命气如虹。
讨袁护法展清志，反帝图强有策功。
横扫奸凶辞旧制，匡扶天下耀苍穹。
南京施约勤奔走，博爱先公世代崇。

2023.7.25

拜谒中山纪念堂

置身粤秀是人才，肃穆南方碧瓦台。
革命先行天下赞，成功尚未举花来。

2023.7.28

九、回故乡

（一）

回到故乡吧
回到父亲切着粗烟叶
满院子都是南瓜东瓜的故乡
母亲喂着小鸭仔小鸡仔
偶尔也虔诚地点拜菩萨点香

回到故乡吧
回到伯伯大公无私一心向党
不怕得罪人
叔叔因饭量大而饿死的故乡

回故乡吧
回到二哥为生产队放牛
牛被狼吃掉时大哭，我也大哭
兄弟俩同时取媳妇
父亲母亲去深山里做饭
盖木头房子　与别人换菜地
上房梁也借钱的胆量

（二）

回故乡吧
回到我童年河里摸鱼，山上挟鼠而
挟到一只鸟
因饥饿也偷了人家黄瓜和梨的故乡
那一年，妹妹出嫁，我在外地补习

外婆去逝，我在大学读书
大哥海岛当兵，回家探亲，英俊帅气
我步行去十里外的松树岭迎接
心情就像胖冬子见到红军一样
夜半三更哟盼天明，寒冬腊月哟盼春风
若要盼得哟红军来，岭上开遍哟映山红

（三）
回故乡吧
回到生我养我的故乡
回到有玉米没有高粱，有大豆没有花生
有飞鸟蚂蚱没有汽车水泥路的故乡

回故乡吧
回到“农业学大寨，改造低产田”
生产队记工分，集体吃大锅饭
田野上唱快板，激情燃烧的岁月
难忘村头古井打水，村口柳杉盎然
那畦接济过无数村民的野人参

回故乡吧
回到星星伴我入眠，太阳催我上学
我挨着去叫怕上学的留级伙伴
回到砍柴喝过水的小河
作文被老师表扬的课堂
回到屋里挂满母亲笑容
父亲爽朗笑声飞出山外的故乡

注：以朴素之心，实之法，回眸那段岁月。

十、情驻八达岭

（一）

城墙下的树，长成两千年前的意象
烽火台上韵律，合仄未来阳光

攀登残砖的脚步扣响秦皇心痛
和孟女的哭腔

我们在五月石榴绽妍之时
读你的气度，也读你的苦难

你的眉目上下，锁着万千河山
你的唇齿之间，留着民族誓言

你的一切移动，左右人民视线
你是我炎黄赤子，最壮丽的诗篇

（二）

八达岭，我用一辈子去解读
每读一次，都有山风从秦吹来

上一刻，我听到那熟悉的鼓点
在八达岭枫叶上寻觅一世

下一刻，我看头颅生长成阶梯
质地伟岸，气节风骨

智慧与血肉堆成子孙仰望的高度
坚韧与浩大填满时空每一寸虚无

记忆已千疮百孔
肩并肩走过冷暖的石头

以平静对待日月星辰
让身姿矮一些，再矮一些

王者的瞳孔，嵌入
蓝天白云

（三）

把身躯交给蓝天，把灵魂植入大地
把诗意托付日月，把评判交给清风

踩着石头踩着先人脊梁
走成一段沧桑的长城

历史在脚下痉挛
岁月长满了纵横的野草

历史被扇成一朵朵白云
长城衰老，我们也衰老
长城坍塌，我们不迷茫

废墟上阵痛，然后重生
多少个隘口，就有多少悲欢

（四）

龙盘九州的一声长啸
灿烂了我们的历史

轻轻抚摸蓝砖条石
与古人神交
上有外孔，下有射击洞

我们的骨骼是石头砌成
里面尘封着赤热岩浆
疯狂的子弹射不穿

仿佛巨蟒游弋于起伏山岭
青砖缝中记述着慷慨悲壮

斑驳后断壁残垣
窥见五千年文明历史

峭拔的八达岭
抵御外敌壁垒
树起一座民族铁壁铜墙

大鸟烽火台，狼烟战马
黄河依旧从您身边而过
流进我的梦中

任铮铮铁蹄践踏
我真的还想再站五千年

2023.5.31

十一、明知写诗无用，仍管不住

生花妙笔

（一）

几枚落叶砸入我血腋里
白玉兰怒放在我辛辣的笔尖

谢幕的年华开出一朵朵绝世之花
鸟儿又在兜售出色的爱情

穿梭在光阴里的麻雀
羽化成一条会说话的鱼

鸡不结婚
搞的全是婚外恋

（二）

妄想用一把虚构的钥匙
打开海市蜃楼里的人间

自己拥有一个不存在的院子
将空旷埋进心底

每个卷心菜都有忧心忡忡的童年
菩萨们不用言语也能站起身来

诗人偏爱在深夜磨砺斧头

色彩斑斓的锦鲤跃然于碗底

（三）

想在钢筋水泥里唤回一片森林
或唤回曾经盎然的稻田

黑暗是对人间失格的祭奠
我只在五千年瀚墨中认识你

春风悄悄上了桃花的床
春水深夜绕过你的膝

桃花羞涩怀孕了
山峦从我身旁羞涩躲开

（四）

临摹宋体落款时却惦记着你
就当我为遇见你伏笔

鱼游到纸上
来一场无病呻吟

我慢下步伐，躺在一朵云里
明知写诗无用，仍管不住生花妙笔

野玫瑰认识我，任鸟鸣肆意穿梭
把薄薄一生折叠成传奇

2023.7.3

十二、十年磨剑　今朝问鼎
——2023 高考赋

（一）

时维六月，序属端午。南国榴花吐艳，北方蒲艾竞绿。千万名庠黉学子，经十二载苦读，洋洋洒洒书万言；寻寻觅觅写真知。锦鳞跃龙，鲲鹏翔空，芳英才储。

摩天练翅，唯德唯志，佳木鸿章，脱颖肱股。发轫专业，勤以赋能，十年磨剑，心血浇铸。民族复兴，华夏圆梦，关乎高考！举大计，网罗魁星；兴大业，开辟宏图。

寄父母厚望，沐恩师润础。得江淹之才兮，致生花妙笔；聚扬雄梦吐之凤兮，著锦绣文章。观千剑而识器，破万卷而知曲。

（二）

斯日也，行人匆匆，未有喧哗；车流辚辚，不闻笛响。斑白者息舞于广场，黄毛郎罢歌于歌厅。交警人员，认真负责道路，纪检监察警力密布。

嗟乎师者，传道数载，授业多岁，孜孜夙夜，矻矻旦暮，尽浓密之青丝，倾毕生之所知，解惑不厌，佩挂标示，分发准考证，激劝诸学子，不辞劳苦。

嗟乎家长，日不出勤耕耘，月渐高忙家务。唯子女需是从。即日逢考，晨光熹微起身置早餐，日出而唤子女上考场不耽误。

（三）

三天之战，挥毫书奇志，乘风开凤羽，笔底舒锦绣；笃志而行，一往无前，心无旁骛。骐骥驱驰，鲲鹏搏击，人人皆能成事。成如朗月入怀。败则芝兰玉树。

三日之内，心事翩跹；挥汗如雨，成云气吐。运筹帷幄。案头卷面无难题；笔下琼瑶斑斓出！经天雄韬；纬地大略；争流百舸，侧畔千帆；漫卷龙旗，直迎烈风，遇河架桥，逢山开路。

俊采星驰，一朝胜负定乾坤；文曲下凡，每念皆有凤舞。或曰，为天地立心；为生民立命；狭路相逢，短兵相接。战，则必有胜败。故愈挫愈勇。愿诸君，勿惧高考，尽于人事，天命不负。

（四）

忆往日，如切如磋，如琢如磨，不废早晚，晨昏苦读。

教室之中，挥笔如舞。凡名句烂熟于心，古今人物历历可数。十年寒窗，再逢赤兔。园丁浇灌鲜花；拳拳之心；龙门鱼跃苍穹，悬梁刺股。终日题海战术，枕戈待旦，闻鸡起舞。夫大国开运，首重教化，日月兴隆，以文取士。

忆往昔：笔下争霸，并非真雄，志存高远，豪杰当属。北大清华，固然标兵，东南诸大，一展通途。一卷之大，虽不谋一生之广，尽心而上。一时之才，虽不定一身之荣，全力必出。鸣则惊人以千里之外，飞必冲天于青云之上，为梦想而歌，等蟾宫折桂，一锤定音，立见水落石出。

（五）

嗟矣乎！一人之命运，全家之乐忧。回眸求学路，几多愁苦。立身以立学为先，立学以读书为本。金榜题名，春风得意，仰天长啸；名落孙山，月日伤心，好不懊恼。一条红线，意在有哭有笑；同归殊途。

唐伯虎泄题，功名一生无缘；蒲松龄犯规，场外白首游汉。刘项原来不读书，盖茨辍学在半路。谁人不知曹雪芹，试问几个识毕沅。

黄巢屡试不第，写下《不第后赋菊》：待到秋来九月八，我花开后百花杀。冲天香阵透长安，满城尽带黄金甲。

洪秀全连考三次名落孙山。开创了太平天国，横扫了半个中国。韩愈四次落榜仍名垂青史，被誉为“唐宋八大家”之首。明朝大医学家李时珍，接连三次落榜。历时 30 年完成了巨著《本草纲目》。

达官文章不常见，李杜诗篇万口传。人生无处不英豪，笑谈功名为何物。

欲得夏花灿烂，先学秋叶静美；欲得岁月安好，先学前行重负。眼前一卷，便是山河一片；手中一笔，即为擎天一柱。

（六）

唉吁兮：铿锵六月，波影烁金；清华北大，攸关前途。沉着冷静，自信十足；经纶满腹，挥洒自如。十年寒窗，显经天纬地之词，一展身手，露治世安邦之赋。思千年科举，多少含辛茹苦。来去梁上燕，落花又逢君。非为功名，岂在利禄；数载揣研，含窗苦读。饮冰十年，热血未凉；砺剑九载，泰然而处。

念念者师恩，殷殷者亲友；拳拳者赤子，劳劳者父母；高考也者仿佛初恋，此去经年，如若初见。将何以贺你？以诗情，以画意，以初心，以华篇。感盛夏翩然而至，觉窗外蝉鸣踌躇。

矢志报国，擎起社稷；心系家园，永不服输；玉妆于成不唐捐，镜湖月一夜飞度。接天莲叶无穷碧，代数几何合璧联珠。十年霜刃今日出，剑锋所向有宏图。三军可多帅，匹夫不可夺志。仰之弥高，钻之弥坚。尘世遥通天廓，庙堂联接江湖。

嗟呼！高考者乃人生之一大坷也，虽非功名之独径，亦人生必经之路。

他日重逢，必有惊艳；今日青葱，头灰脸土。枯木逢春犹可发，人无花开再少年。莺花犹怕春光老，岂可教人春枉度？

2023. 6. 7

十三、文旅河南　采风开封洛阳（诗词九首）

水调歌头·开封抒怀

宋韵开封府，往事越千年。黄河咆哮，抗金烽火耀中原。才览清明图画，又遇包公审案，道义在人间。眺望州桥月，旧貌换新颜。

赏八都，观梁舞，乐水潺。繁台春色，半壁烟柳话神仙。遥想靖康之耻，慨叹岳飞遇难，痛楚彻心田。但愿龙亭秀，雪霁咏江山。

2023.6.9

水调歌头·清明上河图

中州蜚声外，华夏美名扬。东京连接宋梦，诗画满庭芳。穿越时光隧道，阅尽清明画卷，锦绣遍京梁。端墨呈酷，长卷夏秋藏。

酒肆广，绣球美，不虚忙。吃名肴盛宴，脆焦口齿留香。十里长街富丽，弦上琵琶声怨，林苑有娇娘。怀旧总经典，但愿再荣光。

2023.6.10

龙门石窟写意

龙门伊水奔，突兀气昂轩。
峭壁屹诸佛，神工摄国魂。
浮雕慈善铸，森象灿然存。
石化天长久，香龛佑子孙。

游白马寺

白马驮书西土栽，真经贝叶费疑猜。
关门驰骋恢宏起，莫是红墙旧梦来。

咏嵩山

中岳嵩山势极天，女皇祖庭态仪娟。
百岩峻秀沧桑渺，卅帝恢宏兴废怜。
翘角飞檐绵广宇，雕梁画柱衬云烟。
禅宗绩伟清源远，坤厚声名境界连。

2023.6.15

少林寺感怀

自古功夫出少林，十年面壁达摩深。
修禅习武千秋颂，除暴安良万世钦。
护国威名天下震，降魔绝技九州吟。
归来顿觉心清净，道义开花有好音。

2023.6.14

老君山传奇

层峦景室老君篇，车揽流岚绕碧延。
远赴人间惊世宴，近观仙庭镀金沿。
丹炉亮宝霞光耀，凤洞藏珠瑞气联。
佛语真言心慧悟，隐归李耳道通天。

2023.6.15

老君山记

伏牛千里老君骄，云顶天空梵曲飘。
秋过林间霜叶舞，冬来雪域紫阳烧。
有无真假皆奇幻，好坏高低总寂寥。
旋转太虚艰步履，孤峰道德最逍遥。

2023. 6. 13

鹧鸪天·拜谒包公祠

破案如神明镜悬，包公清正震千官。可叹人间士多少，肃穆威严正气抟？

除巨恶，肃贪官。无私铁面总除奸。一弯弦月黎民敬，千载沉冤现丽天。

2023. 6. 13

十四、文旅湖南　采风潇湘（诗词九首）

沁园春·橘子洲头赋怀

诗奖湘遊，书声爱晚，橘子洲头。看琼楼栉比，烟花梦幻；舒怀慢步，顿引乡愁。白鹭翔天，渔歌互答，浩渺烟波景象悠。

凝眸处，望洞庭水渺，岳麓山幽。

携来挚友闲游，特瞻仰毛公赞不休。忆园春妙曲，横空出世；中原扛鼎，逐鹿三秋。旷世奇才，文韬武略，阔大胸襟纳九州。风华铸，济经天伟业，永世风流。

2023.6.26

水调歌头·登南岳衡山

万古神仙境，赤帝在衡山。壑峰回雁，南岳诸圣祝融篇。天路逶迤云顶，梦里河山依旧，紫气撒岗边。山上藏泉水，谷底驻虹渊。

穿林涛，渡雾海，谒众贤。骚经湘赋，天阔清啸醒人间。佛道并存宗教，荆楚独留文化，神佑永家安。眼底惊雷动，至善绕心巅。

2023.6.27

南岳衡山坐轿上山

湘天夏至雨来狂，岳麓夫多轿更忙。
莫道祝峰仙境好，衡山虽雅远他乡。

2023.6.26

浣溪沙·岳麓书院

幸至湖南荣耀生，道林精舍几教争，有材惟楚入山明。
岳麓杉庵多有趣，韶山明月最多情。于斯为盛栋梁盈。

2023.6.28

参观屈原碑林所思

又闻响鼓过端阳，杜宇湘妃引粽香。
竞渡龙舟怀赤胆，铿锵号子祭贤良。
奸臣无道千夫指，碧血忠贞百姓扬。
诚勇刚强终不悔，英魂踏月送清芳。

2023.6.28

瞻仰屈平祠

汨罗弄桨竞龙舟，帆映旌旗宦海谋。
远想骚人三户动，深怀醉客九歌收。
屈平词赋悬明月，楚王坟茔空废丘。
至圣先师黎庶敬，招魂呵壁涉江留。

2023.6.28

刘少奇故居观感

炭子冲前秀景开，匡扶社稷恤民才。
花明楼下芳菲绽，江阔天高圣地来。

2023.6.30

到韶山

七月高温汗水绵，潇湘大地碧连天。
千年草木留胜迹，万古江山育圣贤。
九鼎真龙慷赤胆，满门英烈换新篇。
杜鹃绽放染鲜血，一柱心香敬灶前。

2023. 6. 30

沁园春·初登岳阳楼

七月潇湘，洞庭泛波，客满岳楼。揽巴陵胜状，风骚独占，一湖往事，皮里春秋。鲁肃排兵，孔明用计，子美登临秀景收。

道不尽，君山云外立，瀚海诗留。范文正未曾游，先忧后乐千载唱优。昔妙联李白，群豪冠盖；士祯墨宝，高雅难求。万世功名，拓园修葺，浩淼惊涛涌万舟。登临处，纵凭轩吴楚，意羡轻鸥。

2023. 6. 29

第七部分

发表在《中国诗歌网》现代诗(六十五首)

有一首诗写出来就能震惊你

有一首诗写出来就能震惊你
我苍白的手指却无处下笔
这发光的灵魂
有着日月的眼睛

红色蘸水钢笔
在方格子作业本上划过
但充满古典气质与玄学

我确信那一刻，六岁的孩子
负荆向母亲赎罪的小精灵
已触及致命的秘密

一起举头时，星星正挂在屋脊上空
如果能摘下来一颗
我一定送你

又大又亮的北斗是老师
忽明忽暗的满天繁星是学生的星座
守护晚自习的老师坐在讲台上
打盹。花白的头发和黑板上的字
混淆不清

他就这么守着，像文明的孝子
守护一条故园的河流
沉默，琐碎，波澜不惊

他花了一辈子在水上写字
下到人间的雨，从此掷地有声，像
春天的刀子
刺破许多尘封的灵魂

此时，格桑花并不负责
治愈的是不是想象中的蝴蝶红

慢慢凿尽一生的时光
凿出一身的碎屑
更凿出璀璨的光

2023.11.9

诗歌灵魂与良心

（一）

诗歌是一匹马，危险而优美。诗人与诗歌的关系，就是主人与马的关系，马在找主人，主人也在找马。诗人应该向世界贡献出本土的、新鲜的、生长的，高贵品质的汉语新诗。

灵魂仍是
一匹诗歌之狐，向着永恒
游走在岁月之上

一首好诗就是一场艳遇
诗人的眼睛发亮
他们的灵魂发亮
灵魂的语言发亮
每一个冰冷的面孔
都表现出正直与善良

我偏爱华采、辽阔给人以震惊
诗人是人类的先知
诗人是万物生灵中的舞蹈者
诗人让黄金在天空中舞蹈

诗人让疲惫的心灵得到慰藉

为人类自由而将命运劈开
诗人应成为人类精神的终极领袖

帕斯捷尔纳克说诗不在天上，在草地上
罗广才也说，诗在生活中，一点一滴，一事一行
叠加起来的就是一生

（二）
冰河封冻在唐宋
星日跳跃在明清

上帝抓住诗歌的身体
用寒冬凛冽的风刀

刮下了感情的鳞片
悠然把鱼收藏在冰箱里

残雪还在作生离死别
枯荷发出断裂的痛声

想往远方的云朵
为赶赴一场亲情的盛宴

料峭北风
用尽一场暴风雪的肺活量
迎接抑扬顿挫的春天

摇晃着诗歌的韵脚
蝴蝶便开始扇动风声

去年一朵梅花站在枝头
今年又换了妖娆容颜

（三）
风，带走一切悲伤
阳光下流淌着春天的慈悲

诗人在午夜复活
一个词喊醒了氤氲世界

所有灵魂都在枯草下仰望
幸福眼神，泄露了春天的秘密

寒冬已剩一半
春风染绿半壁江南
春雨敲响了每一扇门

每一朵花，都走在盛开的路上
每一条河，都弹奏春天的芭蕾

一只黑山羊，向我款款走来
脸上挂着幸福的泪水

偷到春天的种子
捂在怀里，有我和战袍的体温

去看高原的太阳是如何用温暖
融化每个人心灵薄凉

听桃花叙述从严冬醒来的故事
回忆雪从远方寄来的信函
寻找野花出嫁过的床

2023.11.10

在冬天的扉页写下对春天的许诺

冬天开始了
窗外飘落大雪
与君初识，犹故人归

秋姑娘披着金色的霓裳
翩然而去
秋天是一枚枫叶
夹在我的日记里

冬天挂在脖上的粉色丝巾
在微风中欢快跳跃
初冬的柿子在树上高高悬挂
冬姑娘穿上红棉袄已经来临

秋色已定格成永远的故事
在冬天扉页写下：春天的许诺
生命之冬
删繁就简，去伪求真
人生之慧
修炼心态，豁达灵魂
生命暖阳；踏雪寻梅
暮秋已别，顺问冬安

既然岁月前行是注定
时光浪漫，也必安然
只要心中有梦念
烟火人间总温暖

邪寒不侵，顺问冬安
光阴微澜，岁月言欢

2023.11.8

命里缺光，向内修为乃方向

那些落叶，犹如箭头
穿透我心脏，撕碎我肝胆
这个秋天已经侧身而睡
我目睹了小鸟苦苦飞翔

小酒馆里，我典当了我的名利
风吹着落叶，几根草陪着灵魂
清晨，鸟鸣在寻找落叶
温柔，又死于语言滥用

每条江都是神秘之吻
那些陈年旧事长成院里的草
英勇的高跟鞋，将陡峭人生演绎得淋漓尽致

一棵漂亮的稻子
穿梭在几千亩的田畴里
一棵远走的稗子，捂着乡愁
如哭泣的骆驼屹立在沙漠中央
命里缺光，向内修为乃方向

2023. 10. 24

遇见即为福祉

（一）

岁月在这里蹉跎
溪水笑绿了一扇扇门窗
那是大地的子宫受孕云雨
那是古老孩子心中翻腾梦想
走进邵武和平古镇
石板路依然清新如活着的诗句

“禾坪”，取地势平坦和盛产稻谷之意
大小巷道铺青石板
贯穿古镇南北的旧市街
被誉为“福建第一街”

街形就势形成“九曲十三弯”
宛如腾空欲飞的青龙。有诗写道：
“壁剪裁天地，地幽碧落奇
巷深苔藓盛，天小白云稀。”

每一条古巷都有一个名字
每个巷名都有一个由来
岁月不紧不慢地流淌着
和平也静静地迎送着每个日落月出
聆听着熟悉又陌生的足音

（二）

日夜欣赏如歌如画的古镇
有进士之乡的美誉
“温柔玉板满盘鲜，
扑入油花唱又颠。
金甲披身香四逸，
千烹万煮总缠绵。”
很久以前　我穿着碎花小袄
在浅色的刀刃上种植和平

后来，一部分活了并逐渐有了硬度
而我的碎花袄已小到不能再小了
我想 活下的部分
一定到我的诗行里来过

在我点亮纸灯的一刻
敲门“我看见和平的手伸过来
种子只播在准确的时间里”
关于和平 我至今说不出它肉质的锋利

我只在表面摸到它绚烂与丰硕
就象巍巍昆仑，映现帘瞳
自一个巍峨的高峰
期盼的眼神像站在天空的星辰

昼夜寻求的脚印而放光
和平，和平的鸟养壮了翅膀

放飞在蔚蓝的天空
播撒幸福的种子

（三）
可否借我一条小船
在江南的小河里飘荡
我要看看那墙壁斑驳是否还残留着
白居易的江南墨香，风景旧曾谙
水滴下来那该是苏小小的洗脚水
还是杜郎的泪，十年一觉扬州梦

那古巷昏迷，是否沉淀了李后主的惆怅
那古巷悠长，是否还会飘过一个愁怨姑娘
沉甸甸的石板路，静谧谧的水
老老的房子住过谁
斟满天上月光辉，欲心醉却先碎
何时相会，一夜相思泪

南方的农村，一个古老小镇
也许镰刀吹过他的伤
来年春风的呼唤
又开始孕育新的梦想

也许 我们的人生也一样
历史在此轻轻静听夜过和平
山光难抵街商柔，一段消魂吆啭喝
若是和平能落款，定教邵武更风流

（四）

走进和平古镇，穿越千年之约
踏上青石板路那一刻
仿佛穿越了千年的繁华
沉甸甸的石板路,静谧谧的水
老老的房子住过谁

斟满天上月光辉,欲心醉却先碎
何时相会，一夜相思泪
一个地名，一处遥想
在云灵飘流　福山森林公园
放肆踏歌起舞，畅快欢唱

凤凰涅槃，浴火重生
盛世邵武，又一次插上了飞翔的翅膀
载着古镇魅力，踏上新征程
从巨变走向新的辉煌
过往的目光横扫不出它的内心
风流与典雅，任风雨中老去也是新醉
见面就是福址，大美邵武
向你致敬！无尚荣光！

2023.10.10

万里秋风，只为那场驰骋天涯

（一）

蒹葭苍苍，伊人一方
望穿秋水，望断高雁
望不到你归来的身段

（二）

世上人多而灵魂太少
故人不需自己的名字
就像啄木鸟不谈身世

（三）

台风断了香樟
崖边翻倒的树叶
转过碧绿的脸来

（四）

在他的诗里没有家人
他的诗里有玉米，但看上去
像钓鱼竿

（五）

用泉水制作湖泊

用倒影再造一座山
湖水在复制世界
甚至抄袭了天空

（六）
总是在我不需要的时候
他突然出现吓我一跳
我不像诗经四字一句

不能像楚辞
在语气助词中铺陈情感
让这杯夜色更加苍凉

（七）
青春是山脚铺张的草甸
中年是山腰孤傲的冷杉
老年就只剩下石灰岩的黑
还有冰川的白

（八）
与玉龙雪山对饮
渐渐地，你也成为一座雪山
那微笑的蓝宝石
是你留在我心底的诗句
万里秋风，只为那场驰骋天涯

（九）
高山亲吻碧空

波浪和波浪拥抱
月光缠绵着海水
你为啥不吻我

（十）
青春带着诗和酒
爬上山顶，被风举着
用眼神缝合万物的伤口

（十一）
西风凋零着草木之色
红叶邀约菊花
一起写下乡愁

（十二）
在秋天
把你的良心放在田野
在那里能称出重量

果实在树上唱歌
遇见雪的时候绛红
直到风也尖叫

2023. 10. 6

千年的玉盘不忘把期望托起

无数的鲜花布满了祖国的金秋
十月的大地，稻谷飘香
十月的天空，彩云飞渡
从波涛汹涌的东海到渔舟唱晚的南疆
从霓虹灯闪烁的都市到炊烟袅袅乡村

每一棵高粱、每一棵玉米
都是祖国母亲激昂的音符
每一座高山，每一畦菜地
皆成一首诗歌绝美的意象

我偎依在祖国母亲臂弯里
吮吸桂花酿出的甜蜜，吃月饼
尝豆荚，不知不觉月亮从酒杯升起
每一片月光都指向历史的深空
每一个秋月照常照亮遥远边城
跳动的心，贴紧十月
默看空中的一抹抹红——正气浩然

2023.10.3

你寄来的清辉，照亮了我的中秋
——2023 中秋赏月

（一）
我把《月光》写了半辈子
今夜注定辗转反侧
寄来的银辉，安慰我的心慌
遍地的芬芳，抚摸我的沮丧

在昂首和低眉之间
美丽月光将与我分享
把唐诗搁在前朝的枕边
将宋词放在冰冷的床沿

派一人去初唐带来落霞与孤鹜
从腾王阁秋水长天中回来
派个人去大宋问问李清照
是否还是凄凄惨惨
轻解罗裳独上兰舟

（二）
头顶上的月，愈来愈浩荡
我走在没有边际的旷野
所有的月亮，都是故乡那个月亮

它们一碎再碎，是经书在人间失传
我走了那么多地方，还是要回来
周庄、西塘、乌镇、姑苏、上海也罢

唐朝的月亮是李白的
你心灵的月亮又是谁呢
山河辽阔，在我体内建造天堂
也许是我为你点燃一支蜡光

（三）
在异地啃着月饼的游子
总把梦寄回遥远山关
抚摸额前的月纱
放下仙风道骨，秋体取出茫然

月亮，总在深夜看我
所有的暮色纷纷避让
用痛苦擦亮这祖传
守护深井古朴月亮
正视苍生圆缺
慈悲生命原装

2023.9.29 中秋节

总要去一趟开封

（一）

总要去一趟开封吧，看看北宋的繁华
吹吹汴堤春晓的晚风，逛逛老河大的夜市
这里白天是开封，晚上是汴京

从夏禹到汉唐，从大宋到明清
古城墙每一块青砖的沟痕
都承载着历史的记忆
见证了开封人顽强奋斗的智慧

“包龙图打坐在开封府”的传奇故事
在这里上演；
杨家将、岳家军“沙场秋点兵”的热血往事
从这里流传…

《东京梦华录》里的繁华盛景
《清明上河图》中的人间烟火
一幅长卷生动描绘了大宋都城的繁荣
一方圣土孕育了岁月长河的华夏文明

（二）

遥想北宋当年，汴京是何等的繁华

车舟云集、漕运繁忙、百业鼎盛、文化绚丽
沿着宋街一路徐徐走去
最吸引眼球的无疑是大型古装情景演出

“包公断案”“杨志卖刀”“燕青打擂”
“岳飞枪挑小梁王”……那一个个
以宋代小说故事或历史事件为原型的情景演出
让人沉浸在千年古都的历史情境之中

华灯初上，夜幕下的清明上河园流光溢彩
在如梦如幻的景龙湖上，大型水上实景
演出《大宋・东京梦华》华美上演
8 首经典宋词和一幅传世古画串起的唯美画面
让人置身于如梦如幻的宋词意境中

荡气回肠的宋词歌赋
沉雄悲壮的历史风云
别出机杼的大宋场景
在醉人的光影和动人的乐声中
被演绎得如诗如画、如梦如幻

（三）
当初，张择端从汴京清明坊
一直画到虹桥一段
将画命名为《清明上河图》，“清明”寓意“政治清明”
然他将这幅曲谏之图呈献给宋徽宗时
皇帝只关注画卷本身的艺术价值
忽略了画外之音

《清明上河图》画成不久
金人攻入汴京，将繁华的汴京劫掠一空
焚城大火毁灭了开封的绝世繁华
勤于书画荒于政务的宋徽宗
连同其子宋钦宗，成了亡国之君
被掳北去“坐井观天”

历史是一部鲜活的教科书
古往今来，无数的繁荣与衰败交替上演
在清明上河园，不只看到“上河”的繁华
更应领悟“清明”的寓意

2023.9.22

我陪秋虫素色地呢喃

（一）

岁月越走越远，秋风看出我的爱恋
吹着我的长发，人类和植物一样幸福
我的灯和酒坛上落满灰尘 而遥远的路
上却干干净净，你的名字是最短的情诗

清秋的夜，揽一池星河入梦
上天借你一池淤泥，还世界一季花开
收割岁月的莲花，无须再顾及
菊花台上迟来的风信

（二）

浅秋的夜，散发着淡淡的柔情
像是少女迷醉轻盈的微笑

又像是她那俏丽摇摆的裙裾
柔美多姿，风情万种

摇曳着我们风花雪月
缠缠绵绵的爱情蜜影

拈一片花瓣芬芳了岁月

抚一缕幽香陶醉了爱情

允许一片叶子同行吧
借鸟儿的羽虔诚祈愿

保留她心地最初的洁白
和她洁白地老去

（三）
一个叫作秋的时节
鸟啼枝红。一起挤进我的窗棂

茶是冷的，诗已干枯多年
夜如此地沉寂，我陪秋虫素色地呢喃

2020.8.29

九月——我的灵魂轻轻地举起飞翔

（一）

秋天像恋人的目光
秋天的夜在回望生命时光
秋天的彩云像鸟的翅膀
夕阳像红色的圆盘

秋天没有干扰南方的青色世界
太阳还在那火辣辣的照晒
植物们还在那安静中抽叶
北方的秋天向来浓烈
南方一副夏天的模样
层林尽染的依旧是绿色

椰树绿的一如春夏，没有满地梧桐
没有飘落的银杏，只是偶而掉落的
枯萎的椰子
梯田间，田园泼墨画徐徐展开

稻谷层层叠叠，映衬着满山的黄绿
你心中的所有浮躁，就此沉淀
巍巍八百里黄山
被秋色渲染得格外美丽

（二）

菊花并不出众。没有玫瑰的亮丽
没有百合的芳香，散发着淡淡清香
昂扬开放的姿态，如火焰般的热烈
含苞待放的羞涩，型如少女的卷发

百般姿态千种柔情都在莫奈等
艺术家的画笔下熠熠生辉
秋天該出去走走
可惜南方沒有明显秋天

还好，我有你
银蟾高悬，万家灯火阑珊
三五月圆，金桂馨香频送
怡人心田

（三）

九月情怀，月色绕指成柔
菊动篱边，竹浪煦风撩翠，摇曳云天
八月九月芦花飞，南谿老人重钓归
秋山入帘翠滴滴，野艇倚槛云依依

九月江南花事休，芙蓉宛转在中洲
美人笑隔盈盈水，落日还生渺渺愁
九月的晴空是多么高圆
我的灵魂轻轻地举起飞翔

2020.9.3

秋天已握在我的手中

（一）

凤凰山庄的柚子红了
像挂满遍野的红灯笼
公鸡叫醒了湛卢的太阳
时光早把青春复制截留

山风轻轻地掠过柚林
燃烧在深情的晚秋
一树树新叶迎风招展
满眼的新绿仿佛置身于春天

（二）

那些生机勃勃的柚子像喝醉了酒
把你紧紧包围：不断抛送媚眼
之前它用粗糙的身体将脆肉裹在核中
现在，它虚构了一个现实：娇艳欲滴

在天真浪漫中美美地和你撞了个满怀
从你飘飘衣袂中袭来缕缕缥缈
于是，在我的嗅觉中
与你结一段如饥似渴的情缘

（三）

谁说秋天的树是秃秃的
秋天的上半身又是裸露了
我看：秋日湛卢霞成绮，最美笑靥凤凰柚
秋光已灿烂成春光

在这缠绵时辰，每一缕烟
都会带走大地的一个想法，
光阴会使甜蜜事业燃烧，壮丽
秋天已牢记握在我的手中

2023.9.18

太湖，被灵光一闪的词语所照亮

（一）

三千年的渔歌唱晚
伴随鸥飞云卷
几万年的日出月落
生出岛屿七十二座让世间惊叹

太湖，你是江南盛开的一朵莲
开成紫玉墨韵
开成旗袍布履雨巷雅韵
开成三寸金莲的娇羞

在万顷碧波中
你把快乐铺叠在太湖之上
我的笑容也泛着阳光

走进太湖的轻柔舒缓
我们在碧绿中执手相爱
在太湖的肩头，凝望对方的脸庞

（二）

从清朝和民国而来
那一颦一笑的举止
那一悲一喜的传奇

都在太湖莲叶上
续演秦砖汉瓦的辉煌

这记忆长寿，如鼋头渚风景
一弯新月挂眉梢
一池蛙鸣荡夏荷
江南就挂在太湖的帆上
将吴侬软语的思念拉长

一只洞箫从唐朝吹奏至今
吹瘦杨柳细腰
两根琴弦拉出二泉映月凄美
江南诗了、江南潮了、江南烟雨莲花了
枫桥夜泊的渔火
不在月落之时就在乌啼之间

（三）
太湖
从耳边吹过的风都带着诗味
大提观涛亭，风情万种
游目骋怀，包孕吴越

鼋头渚，太湖绝佳处
吐一抹春色，呈万种风情
鼋头，静卧于太湖岸边
独占太湖最美的一角
太湖，仿佛被灵光一闪的词语所照亮

2023.8.29

絮状的白云路过人间

（一）

如一封家书删去多余的辞藻
当我想写一片森林时
群山的纸页，被太阳对折了一下

秋天轮回着，黄龙寺这繁茂的板栗
被秋霜浸染，盛装出场

当山风吹过稻浪翻滚的际下
每根草都是一个温顺的贤妻
每朵花都是一个俏皮的词语

秋天在轮回的进程中
白云以一种博大的胸怀，行走在
湛蓝的天空，创造出一个比春天
更加蓬勃的秋天

（二）

蝴蝶从田间取字
在花蕊上留下慈善的句子
蜜蜂忙着荡秋千
那是献给秋天的舞蹈

这秋天的云朵，一边燃烧，一边寂寥
就让我的心也一起燃烧吧
或许这才是人生中最好释怀

懂了这一切，常在山水中穿梭
就会理解流水掬起流水，白云结伴白云
且停且走，一边原谅风的无情
一边恪守创作惊人的诗歌

携一颗云水之心，致力于布道
絮状的白云路过人间
永远慈悲着人世间的酸甜
永远留恋红尘之外的繁华

2023.9.14

如果此生我们爱过

留着隔夜的吻
有着我忍不住的疼
鸿雁传去的书信
已被早到的白雪阻道耽搁

一次又一次看着你的抖音
我也许是世间最傻的那一个
别让空虚使我出轨
光阴契约让灵魂掌灯

秋风缠着杜鹃腰际
惹得鱼群和水草失意的笑
微信布满时间的暗语
闲落的月光是我遗失的分行

每一个值得铭记的词
都是来自远方的飞鸟
辞别山城的草木
留下我最挚爱的人

阳台下的爱情花枯萎
我心冷得如片片雪花

风停在一棵树呻吟
抬头已有孤雁飞过

如果此生我们爱过
苍穹会把星辰当风衣披上

2023.9.14

九月的命题

（一）

他乡也是故乡，白云比之前更白
蓝天更蓝，黄花更艳
四处亦有田园牧歌

在一首诗中收下九月的花魂
落日从波涛中提取黄金
采虚拟的菊花伪装怀念吧

我真想替蝴蝶发问：一朵花里有多少
雪的遗爱
给蜜蜂提醒：爱一个人往往比爱一匹马还难

美丽的黄花呀
你们可以来我屋前肆意生长
绚烂的蝴蝶呀
你们可以来我诗境中预演梁祝

（二）

关于秋天的标题
灵魂贴近地面飞行
熟知每一朵花的来龙去脉

秋天凋落的花朵都是烈士
每个人心里都有一本秋日私语

秋光里未必能吃到所有果实
秋天很爽，但它离寒冬不远

春风浩荡不及秋果飘香
我站在秋日词汇外面，无语而惊愕

秋味在风里逃逸
爱祖国就是触摸神州
万物冰肌玉骨

恋故乡就是李白曹雪芹在
灵魂中
落地生根

2023.9.4

乡愁把虚无一夜斟满

（一）

风从黄河北岸进军长江口
受刺激的岭南草木蠢蠢欲动

村庄和旷野沉入杯底
乡愁把虚无一夜斟满

独饮落花，寂怀空无
雨声高于青草的拔节

羌笛吹落了一阵鸟鸣
安慰大地骚动的内心

向稻谷慢慢弯腰
陪伴山野上辽阔的风

（二）

思念的雨随风起舞
凋零的叶击碎我体内的积雪

赤脚汲水的少女不识积雪
把陡峭上的词语，拥在春天里笑

一条小溪
说出了它奔向大海的勇气

孤独是一柄刀，把目似秋水的少女
带进蓬勃的诗行

城市的天空，又生出了一朵云
游子把她们往故乡方向推

2023.9.3

人间九月

（一）

九月的风，亲了一下叶子
肺子看见了，不觉脸红

九月，明月伴你左右
来日方长，一路抵达繁盛

人间九月有幸事
凉风有信，秋月无边

光阴皎洁，容易肝肠寸断
无边旷野，万物托举灵魂

镰刀踊跃，谷穗倒卧
空气空旷，鸟声近绝

（二）

能抹断脖子的秋风，吹过黄河
吹入八闽，吹过人世
加紧的风声，缤纷的落叶
满树的红柿，满院的红薯

田园里的牧歌
目击众神死亡，我的琴声呜咽

黄叶落在心头发黄
一河星光还在晃动唐朝诗句

没有证据证明你衰老的样子
青春站在操场上已然勃发

（三）

金色的和金色的凑成一堆
抓起词语，将蛙鸣列在海里

九月的云朵，已变为大象
荞麦发出寓言中的清香

我在春天读过的书
化为稻花香飘的土地

树林是孤独者的伴侣
迁徙的候鸟声声啼唤

邀一夜星河，去你梦里做客
这是柔和的爱情季节

（四）

秋风裹挟破碎的树叶
我绽开爱的花，结出苦涩的果

许巍的九月，朴树的九月
周云蓬的九月，海子的九月

湿漉漉的头发，没有喝完的红茶
桌上的新书，还有抽空想一下你

诗语花间葱茏，词诵烟火人间
纷纷红紫成尘，始知身是太平

在秋的次第花开中，用爱包容似水流年
于秋的朝夕里，用爱隽永着人间烟火味

等待高贵日子驾到，和你虚度时光
萧瑟秋风吹过，我依然去爱每一个人

2023.9.1

金秋万谷香

饱受暴雨的抽打
历经岁月的成长
根扎冰冷水塘
不乏斗志昂扬

生态农庄美壮秧
铺金牧野满秋阳
那禾穗上的粒粒饱满
是对劳动最好的嘉奖

曾几何时，恶虫猛啃
大风扫荡，差点兵败山倒
还亏农民伯伯精心栽培
除草施肥，灭虫灌水

谷种依托大自然茁长
承受风日吹晒、月露滋润
结实、沉甸
充实、饱满
宛如黄金的外衣
仿佛如玉的心灵
飘荡在一望无际的田野上

允尽根的营养，送来阵阵谷香

昨日的汗水
渡成今日的食粮
我们有什么理由不热爱家乡
又有什么理由不敬重爹娘
以金色诠释生命之美
以低头体验生活多艰
磨好镰刀，绿光快乐躲闪
喜悦装满路面，真情倾倒田畴

水稻在这里成长
水稻在这里躺下
祖先在这里成长
祖先在这里倒下
我在这里成长
梦想于此飞翔

2023.9.1

中元节缅怀故人

（一）

妈妈　我没有看见你青春时的妩媚
只知您中年后的节俭勤劳以及
贾母似的端庄慈祥！

父亲，我没看见您青壮年时
到穆阳挑盐、到公社挑公粮的雄姿
以及生产队开荒拓地力如猛虎的男子汉气概

只见到您接近老年时的种植之广
桃梨之多，南瓜之多以及言语之幽默

外婆：我第一次到舅舅家时见到您，慈祥热情
但遗世独立。悄悄塞进我手心二毛钱
我是多么惊喜

大姐，里里外外一把手，世事洞明，人情练达
多么慈爱又多么热心。左邻右舍有口皆碑

我在七兄妹中排行第五
没等我懂事：大姐已嫁出去
朦胧少年时：大哥已去海岛参军

二姐也随后出嫁邻县偏僻乡村
大有迎春出嫁宝玉也没去相送
稀里糊涂浑然不知的样子

等到妹妹出嫁，我又在外地补习未回家
外婆去逝，我恰好在读大学
排行第五，上有哥哥顶着，姐姐罩着
下有弟妹尊敬着!身份有点特殊
人生有点辛福

（二）
恰巧今天是中元节
人们说七月十五是
阴阳通话的时间
我只想喊一声爸爸，妈妈我爱您们
外婆我敬重您，大姐我怜惜您
多少好的至亲

虽然我写了那么多诗
给大地、给山川、给祖国、给故乡
但今天心再痛，也要写给您们：

父亲骨头最硬，从早劳动至晚从不知疲惫
化生活艰辛为快乐

母亲心肠最柔，总是逆来顺受
百般疼爱七个孩子

还要照顾好有个姓且全家唯一劳动力的父亲

外婆，少言寡语，沉默是金
与世无争!心地慈善，态度世间第一好

大姐作为长女：懂事、善良、勤奋、节俭
拉扯五个孩儿，极不容易
家境窘迫，但接人待物彬彬有礼!极富涵养
友善乡里乡亲！世上难找第二人

（三）
今日，我忍着不哭
也不敢惊动你们的安眠
我在大地上
开出一条河流
作礼物

来人间一趟吧
不用担心归处
大不了，我买一座青山
开一处别墅
再安置您们

我把厚重的思念送出
但愿两界的亲人们
相互庇佑，平安宁静

山泉一样的根系

安享大山的静谧
心心念念的至亲
收下我膜拜的眼光

父爱的执着，母爱的宽容
外婆的慈祥，大姐的练达
祖宗荫庇家门兴，非富即贵史留名
根深叶茂枝呼风，家和人旺好前程
值此：中元寄哀思，灯下念故人

在这盛大的秋天
行走在阡陌田野
路边的玉兰树纷纷举起酒杯

故人入梦；思念横行
心灯不灭，终遇美好
中元节，愿大家，幸福如意

2023.8.29

独占天下的醉意与风流
——走近李白

（一）

他把悲愤与孤傲掩藏在字里行间
把生命意义定格在自由山水画卷里
不让污浊的泥潭玷污高洁灵魂
他抖落世俗尘埃，塑造着仙人姿态
他的灵动飞扬宛如天上的云气
于是我们知道什么是永恒

他，从页页诗篇走来
他，向历史深处走去
三分剑气，七分月光
秀口一吐，半个盛唐
这大唐盛世不过就是他的一丝仙气
大唐江山又多了几分厚重几分灵动

故人入我梦
梦里的人永远没有温度
他亲手打碎，将梦里的所有镜花水月
倒错成一轮孤影

太白啊能否借我你的剑

借我月下独酌花间的释然
遗世独立的仙人啊！你是星光灿烂时
独取一抹藏于心间
遥不可及的烂漫
与月相酌，醉卧青莲

李白是不朽的明月
他的剑尖挑着整个大唐

（二）
有人问：是盛唐造就了李白
还是李白点缀了盛唐
我愿重回大唐与你相遇
李太白可以当仁不让地独占天下
十分之七的醉意与风流
几许人世惊世才

他将傲气寄情于山水
一切高山大川
都是他
内心狂傲之气的外观
远离世俗的污秽
与清风为友与日月相伴
就算是再历经一千年
不止因为你的诗句

更因为你张扬飘逸的生命
年少轻狂，一身傲骨

那一双傲慢的靴子至今还落在
高力士羞愤的手里

众人皆欲杀
肝硬化怎杀得死你
翻开历史厚重的扉页
寻觅千年前盛唐的气息

墨刀剑客李太白
你是我一生一世的情人
你是风流倜傥的儒生
你是遗世独立的花朵

你本楚狂人，凤歌笑孔丘
你恢弘瑰丽的锦绣文章
总滋润着
我贫瘠干涸的心田
俱怀逸兴飞，青天揽明月
灵魂倾注诗魂
有你的诗篇为伴，我的心灵不孤独
愿我们在各自的盛世安好

2021.10.9

做人的重量

飞雪将苍生全部覆盖
天地植物都逃不出浸染
每座山河都递交出清白
袖间藏着日子油漆一般
每颗露珠都是凝望星辰
每束阳光燃烧多情菊瓣

大地无声灿烂，溪流寂寞咏叹
举起镰刀亲吻这个寒冬稻田
天使的翅膀支撑冬日的辽阔
光阴拽着衣裳绽放独立芳华

一地鸡毛，笑对岁月薄凉
人间烟火，拥抱诗与远方
生命的器量，热烈滚烫
生活的诗行，身处断崖
或许灵芝万里传香
每段生命抒怀大唐

万物繁华，遇上秋风扫荡
岁月的风，接过节气权杖
携着岁月的思想

握着年轮的黯淡
唱响生命浩荡
找到心海方向

在游离中彷徨
回眸深秋不言殇
灰云和旧楼交融的人间
一头奔袭羚羊，穿过落日
缝补在地平线上。我要在这
苦痛的人间挣扎并最终和解

人世枯萎，先是身体
接着思想
我愿意把自己罐醉，凌晨
在鸟鸣排比句中举起重量

2023.8.26

我没醉，我只是在今夜再度失常

（一）

今夜有多少人潜渡爱河
用烟写诗，用口红靠岸

用一枝玫瑰红制造风姿绰约
在花的骨朵里，乘风破浪

我是你转世的那朵莲
那花瓣上的脉络，是你轻吻的痕迹

我是你经年里，藏在衣袖里的花蕊
被你悄悄放在藏经阁上

鸿雁传书正在快递
海棠优雅婉约地躺着梳妆

字里行间，氤氲你的笑颜
一纸素笺写不完，关于你的篇章

（二）

我把我的春和夏放入你掌心
忘了秋与冬的故事

风撩过你发际，雨拂过我的爱帘
你温柔如风，我细雨如蚕

在木鱼经声里，伴青丝落地
一场爱的缱绻从此始于笔端

我瘦弱担水的身影
征服了日月的眼框

窄窄的小桥
承载不了一世的悲伤

田野在你额头上充盈
古老的传说穿越嶙峋的浪花

（三）
今夜我写出最伤心的诗
诗歌落到心田，词句成觞

落叶成泥的故事
在我泛黄的诗词里哭泣

锦瑟华年谁与度，月桥花院
琐窗朱户，只有春知滩

让爱的目光，凝成弯弯眉峰
刻在岁月的路上，为你流下一城

你的世界我曾来过
我的世界被你耕荒

（四）
梨花残白，入骨忧伤
看不到的韶华，凋零了谁的芳香

五百年前，你是青莲我为佛
谁沉醉在玫瑰花蕊中吟唱

水墨丹青脉脉
候你的目光穿越红尘情网

脑海里跑过了一万只羊
时钟敲过了十二下

我疲惫的双手，灰暗的日子
被玫瑰照亮

我没醉，我只是
在今夜，再度失常

2018.8.16

莎士比亚的十四行诗，没有保质期

（一）

哪里有王母娘娘的第七个女儿
哪里就有踏破铁鞋憨厚的董永
神仙本不该动情
丘比特之箭岂能射中

谁也没见过梁祝
未必没看到白娘子许仙
是殇不是殇
全都成了痛

顾城的那把斧头
普希金的那场决斗
全是浸泡过的冷漠
一江水，情还是冲破古董

（二）

女人的泪一滴就醉
男人的心一揉就碎

初心在岁月的莲台
奏响了美妙梵音

美若花开的思念
飘摇了谁的流年

今晚的灯 像公鸡叫了
雨是昨夜下的情

她似巫山一朵云
飘入我的梦境

葡萄架下的喁喁私语
情定终身本不是月老初衷

（三）
今早的星星，比月亮亮
今晨的太阳，比月芽更鲜

红尘深处传来恼人秋风
心事凌乱结成一层冰

红尘有殇
泪水化成百转惆怅

你的爱陨落在泛黄的纸笺
清瘦的誓言多了些许孤寂

一遍遍咀嚼相思的凄楚
你种下的甜蜜薄如蝉翼

终究劳燕分飞
沧海桑田只剩下月色旖旎

铅华洗尽
徒留我在独步叹息

（四）
让花香浸染着这份眷恋
让鸳鸯亲吻出这宗甜蜜

每个角落里都有你的足迹
十指相扣书写爱的甜蜜

你温柔的笑是最美的情诗
弱水三千也无法比拟

如今只剩我一个人游弋
坎坷道路上布满了荆棘

所有的故事都已结束
再深情的告白也苍白无力

无处可逃，鼓足勇气
我在七夕渡口等你

（五）
盛满了一盏深深的期许

我们共赴这一场红尘约期

我放逐天涯，放逐天际
花开花落又是一季

亲爱的，请别伤感哭泣
你永远是我心头的唯一

英雄为爱殉难
善良让他永远活在春天里

丘比特之箭
使人转辗难眠

白马王子与白雪公主
罗密欧和朱丽叶为不朽传奇

（六）
情人节的意念
如意郎君，妙龄佳丽

邂逅一个情人
执子之手，相伴花间

逃得出美丽的眼睛
逃不出我的爱情领地

你的美丽，像是

黑格尔哲学一样的神秘

莎士比亚的十四行诗
没有保质期

牛郎织女
把爱情演绎至天上

发酵在今晚
金风玉露相思里

2020.7.15（七夕）

我用一朵莲花，与你商量来世今生

（一）
情是穿肠毒药
修行多年曼妙

我走进了你的梦
看见你泪光漂渺

一百亩玫瑰，让我一次全部给你
熊熊的火焰将我的全世界燃烧
红玫瑰啊，我的一百万个煎熬

（二）
爱，有时不求繁华
开在一场素白的等待里
今生全部藏进你的红里
链接一千万个梦的招摇

感情的分合，要走多远
舍弃三千繁华，修一颗静心
用爱的明媚嫣然，相互取暖
让往事的余香，供养今生的红尘悟道

（三）

深埋心底已久的爱恋已找不到
风来了，解读一朵花语
我把整个冬天都留给你
一绺暖阳，裁成小棉袄
时光的站台，缘聚缘散
为离别而神伤，为相遇而欣喜
等你在生命的下一个路口
多情人不老

（四）

我捂不住心痛，也捂不住了心跳
直到有一天花好月圆
你背着一篓子露珠
情花蔓藤，爬不过红墙楼高
偶尔捡拾那些零落的花瓣
便会忆起一地诗心
江水魂消魄杳
胭脂香味，总在寂静时隐隐飘袅

（五）

记取那场美好，得失莫要计较
船已搁浅，心已触礁
今生只为你修行情操
我用一朵莲花
与你商量来世今生
你用一滴泪，囚禁了我的一生娇娆

2020.1.23

在韶山，献花伟人铜像

（一）

满山杜鹃的欢笑里
日月交辉的苍穹下
一篮篮春光，满载民心的诚意
一双双高擎崇敬的手，孕育铿锵力量
一张张笑脸，一笔笔词香
让百年苍桑奋发出新的伟大力量

少年出乡关，立志成名还
布衣去安源，工农装心间
秋收举义旗，聚师井岗山
三湾搞整编，政权出枪杆

毛泽东是人间一位伟人
是一位伟大导师
毛泽东，人类哲思之大成
万世传颂着，他的伟绩丰功

（二）

从雪山草地走向延安
从西柏坡走向天安门城楼

霞光万丈，一个浓重的湖南口音
响彻在天安门广场

无数群众，热泪盈眶
千万颗心捧出千万束花
箫韶九成，凤凰来仪
驻足广场，仰望铜像

“春来我不先开口
哪只虫儿敢作声？”的诗句
彰显他乳虎啸谷的豪情万丈

独立寒秋，橘子洲头
他把自己站成了一尊雕像

一百三十周年后
真诚衷心鞠一躬
长相慈祥的天空下
鲜花是韶山无声的海洋

（三）
仰望，一个开天辟地的名字
仰望，百多年一座耸立丰碑
接过历史的接力棒
将成就和荣誉写在鲜艳旗帜上
是您书写出《沁园春·雪》大气
是您痛失爱子在抗美援朝战场

奋斗一生功绩辉煌
感恩缅怀世代敬仰
雄文诗词思想闪光
普照寰宇导我远航
人民傲立雄狮醒
巍巍昆仑第一峰

2023.8.17

命运的手指

（一）

像王者的天空映照着烈日
旖旎的春光留给创世名册
秋天的田野　洒满智慧的格言
万物风华被虫子蛀得面目全非

历史的落叶从荒凉心头滑落
时间是一只鸟，在末世鸣叫
啄着光怪陆离的阳光
冷月闪动绿眼对视着残星
神农的后裔依然梦想翩翩

（二）

风穿过旷野麦芒的针孔
天空显现着黑色的瞳孔
阳光和露水徘徊在權木花丛
蒲公英，剪辑着轻俘的华年

心中女神站在词语高处
誓言被植入睿智的石头
典藉带来仁慈，伊甸园携来智慧
从语言大海掏出贝壳与珍珠

命运的手指
在正拨弹着什么玩艺

（三）
几千年的苦难凭吊
炎黄子孙把大风高唱
时间这无耻的小人
正光明正大地偷走生命

你的骨头化为尘土
你的栖息地，生长一株龙的骨架
但牛羊还在山坡上啃草
蛋糕依然在时间手掌中
散发草莓味道

（四）
你的躯壳腐朽，你的灵魂出窍
你的诗歌，你的名字乃至你的爱
最终被人遗忘

冬小麦或许启动绿色的轮回
良知、善意和爱却顽固地
留给下下一代
我们为这个世界守夜
但没有另外的死者
这春光里的冷以及萧瑟人世之悲
依旧泾渭分明

2023.8.14

归乡，诗已成行

我的故乡不需要太多修饰
乡音，本身就是一个
最容易打动人心的词

我的故乡不需要太多言语
生产队水牛的叫声，集体食堂的哄闹
在我心里形成浪漫惊叹号

我的故乡描绘不用太多华丽辞藻
家家鸡唱、户户狗跳、榆柳与桃李密布
欣欣向荣的一派景象

我的故乡用不着过盛的情感去抒写
偷一抹最亮的金色，摘下枝头一个柑橘
观赏村民编织草绳，就是看一场露天电影

也许我们祈求的只是：跟随南飞的燕子
用高飞、振翅、滑翔等词写信，问候苍穹

但故乡的河流携着你一路向前
回乡的瞬间就生出了希望黎明

与九十多岁的聋哑大伯
在驳色的林子里交谈
摆出一朵蔷薇花的姿势
从唐诗中挑选一个端庄词

放眼小河弯弯
一只鸭妈妈旁若无人地划水
一只小鸭仔在和妈妈合影留念
她相信:有一天会与云雀一起飞进森林
……

你到达的地方，飞鸟与雷霆也会到达
你没到达的地方，蝴蝶和春天都会到达
接受春天的的邀请
也就接受蜜蜂蝴蝶等小动物的梦境

2023.8.13

突然想去看海

（一）
如果大海能够唤回曾经的爱
就别让我用一生痴情去等待
所有受过的伤流过的泪都值得
唱着张雨生的《大海》，我去了一趟北海

争不过命运，跑不过岁月
唯有讨好一个黄昏去徘徊
无论怎样策划
都抵不过宿命的安排
海浪是大海献给黄昏的伴侣
她的背影是世界献给我的温柔

（二）
如果你累了，请你去看看大海
人生就像波澜起于平凡，趋向高潮
归于平静，大海如此浩瀚
一定能装下你的半生惆怅
我是太阳何须畏惧谁的光
我心似海不必担心小溪断流

每次看到壮丽的海边

即发现人类真的渺小
想说声爱你却被吹散在风里
我们余生还有多少事没做
还会遇见生命中唯一红颜

（三）
时间扑面而来，我们终将释怀
青春扑面过来，惊鸿照影未来
一个愛看大海的人，内心有另一片大海
那里充满诗情画意，平静温柔的襟怀
海上无风三尺浪，人心难测胜惊涛
海天一色今犹在，恋人情深而澎湃

将心放任于苍茫间，所有的迷惘都将释怀
既然去不了远方，那就看看蓝天在不在
吹吹海风，感受一下大海的美好
只要心生欢喜，人生处处无挂碍

（四）
岁月静好是片刻，一地鸡毛是日常
即使世界有薄凉，内心也要繁华常驻
静静思、切切念、浅浅爱、淡淡释怀
远处的是风景，近处才是人生

如果你问我，这世间是否有真爱
我把线索指向大海之外，直达怀里……
唯愿此生，岁月无恙
只言温暖，不语悲伤

如果觉得累了，就像生活请个假
去看看大海，吹吹海风
会一会心仪之人，听听海鸥的叫音
不言不语，放空自己

（五）
一袭白裙灵动飘逸，别转身
怕惊了流年，乱了芳华
那些面向大海的人，终会成为大海
当你看不见海的时，能在爱里游泳

别慌，月亮也在大海某处迷茫
我的生命不过是温柔的疯狂
眼里一片海，我却不肯蓝
想和你一起看海
也想和海一起看你
心中有座岛，你是我的潮

2023.8.5

拥抱八月，走向初秋

我们是大地的果实
迟早都会被神摘走
我们因甜蜜而告慰
因酸涩而泛光

八月，注定有宏大的叙事
注定是一膛炉火的淬炼
七月，我停驻脚步
把诗和远方收入行囊

八月，我们从山川中提取养料
经由阳光摄取钙质
是谁用一朵玫瑰推翻七月的颜色
哑巴突然唱起了歌

是谁让鱼群脱落坚固的鳞片
可以同星星说话，与海风歌唱
浮云被鸟鸣取代
而霜花遮掩了欣欣向荣

热情到极致，天气必转凉
从你的眼神里打捞起一轮皓月

从你的发海里取下一只蝴蝶
手指染着细雨和青草痕迹

我从七月的街头走过
变不成一条会游泳的鱼
奔驰在草木沉睡的群山之间
我的爱情已生满菌斑
我分明看见每一条河流
每一座山脉都在流泪

放在这酷暑未散的八月
昨天的村庄故事老掉了牙
爱情如夜色一样羞涩
总是递给我纤纤的素手

愿你做自己的太阳，无需凭光
七月，就这样一直跑下去
将无数个黑夜　撞开璀璨的黎明
七月以后红尘少了一个浪漫
拥抱八月，走向初秋
人间，多了一位狂傲的诗人

2023.8.1

海浪张着嘴，吻着热恋的土地

我在北海银滩上寻找新词
在飘逸的白裙边邂逅河流
我在异域油轮上缱绻故事
用积极奔跑的文字做成风景

我也在椰风吹送中享受爱情
在寻找中得到，得到中失去
当风厌倦了风筝
一手拍死在沙滩上

人天共仰，即心是佛
当海浪唱老了鸥鹭年华
我会惊呼：把鲸留给大海
把情留给水手！

心里装着大海的人
也一定装着少女的心
我们的征途是星辰大海
我们的梦是：贩卖蓝色与忧郁

在世间，总要丢失一些东西
有人丢了肉身，保住了尊严

有人得到金钱，丢失了灵魂
有人提炼了情操，纯熟了思想

那一尾思量，降落到心底
看不见阴影也看不见海洋
肉身和灵魂的抽离，但你的海
永远翻涌着，我心事波涛

徜徉银滩，踯躅沙堆
碧波滚滚，椰风摇曳，此夜星晴
海浪张着嘴，吻着热恋的土地
总要和爱的人一起去看一次海

2023.7.28

眼眸，投向一个叫富竹源的小村庄

那里的天空有更纯净的蓝
云朵雪白，山色葱茏，溪水清澈
柳杉一排排像慈祥的长者
站在村口

红豆杉夹在其中
小时吃过它的酸甜滑溜溜果子
只要与它打个照面
你就能看见尘世的自己

好久没到过此村，并不等于不爱老家
依旧像从前老家的那种爱
干净、质朴、浓郁而温暖
砍柴、抓鱼、挟鼠、下军棋、採猪草
……
乡下有我梦想的一切
他们都一一替我看管

在富竹源，山石草木都是我的亲人
柳杉简直就是我的祖宗
红豆杉，寄托我的童年
聆听山水时光的回音

自然雕刻的绝美诗稿
父老乡亲
每一张脸都映射黄土之实

雁鸣中，唤醒乡愁之心的石板桥
煮酒与烹茶，漫品山水画卷
在洞宫山，与神为邻
在花桥，与神灵对话
在富竹源与大树相依为命
就算没有来日方长
你也是我的诗和远方

2023.7.3

我在韶山写诗

（一）

何时凤凰来，丹诏召仙媛
怀哉鹰隼秋，厉翼青冥晌
150 年前，有位诗人路过韶山
写了一首诗，期盼救世主的出现

后来果真诞生了一位
领中华儿女走向光明的伟人
他的名字叫毛泽东

（二）

你的功劳比天高
你的恩情比海深
您被百姓奉为神
您是人民大救星
韶山冲那如潮的人群
铜象下的鲜花如海

这青翠绿微的胜地
这慈祥伟岸的身影
总把人民举起
人民心存感恩

低于岁月，高于时空
傲立顶峰
这是韶山的天空
这是幸福的大地

（三）
人民就是江山
真理就是道理
你雨中登岳麓
湘江中流击水

喜欢八段锦
游泳爱一生
你身上有体力慧力
所以拥有永恒魅力
这位韶山英雄，改变了中华民族
百年未有之大变局

（四）
毛泽东满门忠烈
当今贪官满屋黄金
一双草鞋冲破迷雾
踏平了不平的万恶世界
一方光景在韶村，风物长宜朝者尊
大义伟人开盛世，赢来尧舜屹昆仑

2023.7.1

端午，他又活过来

去水宫里，与龙王倾诉衷肠
睡在水晶棺里，得到石头瞻仰
水，洗不清你的冤恨
浪，淘不尽《离骚》的沧桑

把我的思绪捎给白云
把我的粽子交给鱼群
盛世华袍，滋生虮虱
汨罗江，孕育瑰丽的思想

沧浪之水清兮，濯缨
沧浪之水浊啊，洗足
心系社稷江山，纤尘不染
哀笛凄凉，楚歌悲壮

诗人绝尘而去
荷叶包起心愿
石榴哭红了眼
苇叶裹满悲伤

蜈蚣、壁虎、蟾蜍依旧爬行
魑魅魍魉，自欺其人

美人迟暮，命运多舛
祭祀的寒气，总夹着阳光

挽住既倒之狂澜
将魂魄化作幽兰
为民请命，万古流芳
悲叹故国破碎河山

从狭隘的河床出走
一路独唱，游向
自由的理想彼岸
带伤的汨罗，回天无望

自诩高贵的帝王，成了堕落土灰
屈原成了一代代精神榜样
光明的灵魂，犹如荧荧明星
穿过天庭，把人间照亮

来兮归去，归去来兮
你在问天，天却让你选择投江
你在问地，地因你而哭泣
你用死亡，捍卫坚定信仰

一个不屈的脊梁，踏月而来
你用无奈的浪漫——《离骚》
《天问》《九歌》《九章》
为中国文学，指点江山

2023.6.20

当粽子披上青春的战袍

（一）

我把思念包进粽子
让诗意嵌入石头
山川因你而声名鹊起
汨罗有你，魂魄不再溯游

当粽子披上青春战袍
每咬一下，子弹射向那丑陋
束之高阁之美政，犹如海市蜃楼
穿上艾叶与你同行
一个伟大的名字永伴江鸥

（二）

打开端午章节
汨罗江水，如同匹烈马
从泛黄的典籍，跑出
几根瘦骨缝隙，藏匿着烈火
喝多少碗雄黄米酒
才可繁茂岁月之丘

中国有一首诗名叫《汨罗》
楚风吹响编钟

碎片拼成楚国
喝干发酵千年的忧愁
我将诗浪，酝酿成舟

（三）
让赤诚与千古干杯
贪婪的鱼虾，猛啃您身躯
千年的水鬼推你到江左
子规鸟，掠过那一霎那
《天问》晕眩了星星眼眸

菖蒲挂在月勾
《离骚》不由自主，昂首
一个朝代的冷被一串粽子暖和
撕开粽叶
到处都是新鲜伤口

江水托起您的魂
也在握剑求索
裹在血管里的《天问》
跃出汨罗的瞬间
也点燃真理的篝火

2023.6.18

长城，舍我谁堪夸

（一）

泱泱中华，巍巍长城
东起龙头兮山海关
西至龙尾兮嘉峪关

每块砖石
都是民族肌体上的细胞
每一条温柔曲线
就像巨龙奔腾在河山万里

你静卧于荒草瓦砾中
享受岁月的包容与痴情
遥岑远目
我顿生怀古之幽思

（二）

秦关汉月，峥嵘照古
金戈铁马，青史留名
世界无寻，苍寰独在
尽看中华龙舞凤欢

君知否，有英豪玩耍

情志流连
拒挡蛮夷，逐驱虎豹
浩气巍然天地惊
一条玉带地球绕
十三道雄关，关关飞越

（三）
筑长城以镇九州龙脉
卫我大秦，护我社稷
守土开疆，扫平四夷
北拒匈奴俯南越

大地在我脚下
功在千秋后人仰
华夏龙魂从此铸
舍我谁堪夸

千古一帝秦始皇
朕之江山美如画
夺了万世潇洒
大国何泱泱

（三）
壮如巨象，形似猛虎
起舞群山，怀揣峻岭
壁垒森严气势攀
豪气雄威敌胆寒

几千年铁骨铮铮
雄风浩荡，正气长存
过往，不过神魂一瞬
印象，总把那一刻唤起
今古道重行。涌热血，心潮澎湃
齐携手，看中华儿女，众志成城

（四）
胡兵铁马，蒙恬剑影
长城抗战，燕山义勇
伟哉长城!雄哉万里
寰宇巡天!宛若强弩

势险制要塞，脊峦起飞虹
长河盘大漠，山川天地雄
绿色屏障蔚九州
万里长城唱大风
以墙阻侵，砖石乃智慧奇迹
以险制塞，自古引名家评说

（五）
从天而降的你
让十四亿人感受万丈荣光
在绵绵的山脉里，你是一座奇峰
心中或许藏着泪滴
你把寂寞藏进海洋
把梦想写在妖娆大地

在岁月长河里，你奉献自己
给亿万炎黄子孙，以刚毅
任自己承担民族重负
让一缕文明火焰，熊熊燃起
那就是你，光明的旖旎
那就是中华，复兴崛起

2023.6.1

凭吊长城

序:

一串悲凄的哭声，一段倾覆的长城
一袭骄傲自豪感，怦然在心中升腾

（一）

泱泱中华，巍巍长城
秦皇安哉，姜女怨声
万里城垣多少事，寻夫铭贞
金戈铁蹄刀光影，火炮壁洞

长城岭上驱倭寇
雁门关外战东瀛
中华民族之多壮志
长城烽火之烈焰轰

每块砖石
都是民族肌体上的细胞
每一条温柔起伏的曲线
就像一条巨龙奔腾在万里河山上
集苦难与伟大一生

你静静卧在荒草瓦砾中
享受岁月的包容与痴情
遥岑远目
我顿生怀古之幽思

（二）
高天鹤翔，燕脉雄藩
炮台烽火，多难兴邦
秦关汉月，峥嵘照古
金戈铁马，青史留名

世界无寻，苍寰独在
尽看中华龙舞凤欢
君知否，有英豪玩耍
情志流连

拒挡蛮夷，逐驱虎豹
浩气巍然天地惊
一条玉带地球绕
十三道雄关　关关越

（三）
壮如巨象，形似猛虎
起舞群山，怀揣峻岭
壁垒森严气势攀
豪气雄威敌胆寒
残迹斑斑，英姿不减
无媚骨奴颜，屹立不倒

几千年铁骨铮铮
雄风浩荡，正气长存
万里长城今犹在
不見当年秦始皇
过往，不过神魂一瞬
印象，总把那一刻唤起
今古道重行。涌热血，心潮澎湃
齐携手，看中华儿女，众志成城

（四）
始皇建制，家国一统
江山景秀，社稷宁安
远望岚青，聆听燕语
夏华文明代代传

烽台常忆黎民怨
关隘频听塞雁鸣
惟愿神州呈泰瑞
环球不闻戮屠声

秦皇家兵勇，汉武铺丝绸
峭壁陡崖好，烽火戏诸侯
秦砖汉瓦明砾，独运匠心丹
山海碣石赏舰，嘉峪春风吻铁
孟女可言欢
华夏义明创，世界赋诗篇

（五）

无限风光伟岸邀
烽台观古人如潮
金甲银鳞渤海空
多少墙砖染血浓

万堆素骨眠沟壑
精魂铁铸永世传
巨龙冲天破云霄
铁马金戈狼战咆

月亮落在故宫穹顶之上
星星正把爱的心语豪放
既然岁月如烟而去
何不让灵魂摆渡光阴
竭力拽住生命的余光
再做一回初升的太阳

2023.5.28

母　爱

把这个词放大就是
黄河、泰山、珠穆朗玛

把这个词缩小就是
生我养我的妈

大到苍穹山川
小到庭院宅家

用了一辈子的刀
脸上刻下风霜，
往哪里一站
哪里就是一幅画

哪怕风吹雨打
哪怕霜刀雪剑
我只一声呼唤
她心里乐开了花

哪怕摘猪草养鸡养鸭
生活负担压弯了背
只要孩儿进步

她立刻变成一枝鸢尾花

也许今生无法报答
但母爱永远春风浩荡
高山仰止母亲的海拔

孩儿早已顶天立地
却走不出您对我们挂牵
那满脸的褶皱
是灶台前的灯塔

2023.5.14 母亲节

我要把夏天第一首诗献给母亲

（一）

我要把夏天第一首诗献给母亲
绚丽的花朵 丰沛的雨水
雷鸣中蝴蝶的舞蹈

虽然我不会再写第二首
关于夏天的诗
母亲节

（二）

我要把冰山上圣洁雪莲献给母亲
就像一朵雪莲宁静一朵雪莲
一朵雪莲被春风提在手上
娇艳另一朵
我的母爱就住在一首诗的春天里
与远方另一朵惺惺相惜，辉映成趣

（三）

远去的母亲
回归于您挚爱的土地
零距离的触摸
依然聆听到您念经保佑儿孙的祈祷词
那心急如焚，又淳朴淡定

（四）

我也无法在诗歌里，编造母亲的伟大
却可以在在一枚落叶中，窥见姹紫嫣红
我无法弯腰，捡起那破碎的月亮
却可以在一棵稻穗上，见到妈妈的倩影

让我们以怀春的诗歌，身披天边圣洁的祥光
报答母爱的清澈
去编织感恩的花篮
涵泳春花般芬芳意蕴
让春风吹醒，溘然长眠的母亲

（五）

尽管母亲的远去
犹如江水，隐去一个王朝的背影
我们再也不会相逢这人世
但她将温暖和爱传递到世界某个角落

让我们用生命喂养一条
通往母亲的险峻道路
美丽得就像一行
不曾相识的拉丁文

（六）

我要把夏天第一首诗献给母亲
抚摸着村庄的前世
享受着妈妈的手擀面温暖

穿越时光轨迹
和已故母亲亲切交谈
我必须写第二首关于夏天的诗
母亲节
她曾经是故乡的一部分

2023.5.10

忆母亲

印象中
母亲一生就照过两次相
一次父亲在世时与他合影
门牙已缺失
但不影响她的和蔼慈善

另一次是父亲已去逝
母亲与我们在大雄宝殿门前合影
这一次是我刻意安排的

年事已高，坐车去的
一让她到看看七星宝塔
二拜完菩萨后全家合影留念
我与爱人女儿，还有二姐

现在
母亲被我们珍藏在相册。
拍抖音发微信时拿出晒晒
也许是怀念母亲的最好方式

她是那样的慈祥 善良
像贾母，惜老怜贫

83 岁去逝，福寿双全

她名张正钗，小名金碟子
使人想到红楼金陵十二钗正册
优秀女性之代表

她坚忍勤劳、好客宽容、善心周济
被远亲近邻及村庄多人惦记
晨钟暮鼓之梵音，供养灵魂的心经

降压药，蜂王浆是母亲病逝前
看世界唯一的方式
有量才有福是她留下的金玉良言

妈妈的世界很小，总是装满了我
我们的世界很大，常常忽略了她
又是一年母亲节，记得说爱她

2023.5.14 母亲节

握住五月的手

（一）

四月桃花掩面而去
五月牡丹欲开还羞

四月腊梅和迎春正在抢着走秀
五月石榴花有意提前燃烧爱情

四月落下清凉与柔和
五月散发着菠萝甜香

四月小巷烧烤味飘飞
五月冰淇淋混合奶茶

四月月亮，惆怅而不迷离
五月阳光，明媚且不忧伤

人间四月芳菲尽，山寺桃花始盛开
五月榴花照眼明，枝间时见子初成

四月苦尽甘来
五月春风得意

（二）

四月清明，祭祖宗，烧纸钱
五月端午，吃粽子，喝美酒

四月江南麦已稀，黄梅时节雨霏微。闲看燕子教雏飞
五月水浓阴如画，数峰无恙又晴晖。湔裙谁独上渔矶

四月时光里，品酒饮茶览书，皆是灵魂的解脱与释然
蜂蝶纷纷过墙去，却疑春色在邻家

五月被风抚摸，你会忘记四月里的忧伤
暮春的风，已悄然漫过初夏的河堤
蝉鸣的夏天，近在咫尺

抓一把五月的风，就像抓住最后的春天
再将它装进口袋，也装进心里

（三）

四月
黄四娘家花满蹊，千朵万朵压枝低
留连戏蝶时时舞，自在娇莺恰恰啼

五月
明月别枝惊鹊，清风半夜鸣蝉
稻花香里说丰年，听取蛙声一片

四月
山河涛声依旧，故人安然无恙

五月
眼里星辰大海，脚下诗和远方

四月
融进花的世界，品赏氤氲神韵
五月
燕子欲展歌喉，月季开满篱笆

四月是紫藤葱茏
五月是青梅煮酒

撷一朵嫣红着妆
掬一捧清露洗眉

（四）
四月的烟雨淋湿了梦的裙纱
五月的蔷薇点燃了夏的葳蕤
阳光中晾晒着百转千回心事
星空下收藏桃红梨白的故事

让我们触摸五月窈窕的腰枝
喝着高粱酒香中，走出郁闷
化作
白色的鸽子和蓝色的鹦鹉
闪电在云里开花
冰雹砸碎了想象

四月穿过奔腾的雷电

风是云的情，云是风的韵
五月打开初夏的激情
山是水的眉，水是山的眼

（五）
泡一壶淡定，啜饮一杯沉香
醉一池荷淀，潋滟一城花香

记忆，被时光淹没还给了岁月
故事，被季节遗忘预支给流年

四月
年少初熟的心事，有青梅初好浅酸
五月
怦然心动的初见，有涉水而来美好
一片鸟语，一曲梵音，静恬尘世浮华
一茶一杯一禅意，一草一木一情心

面对地上的落花
诗人们为春天送行
丰收五谷粮满仓
种梦田间绿一行
心中有多少美好
梦里就有多少花香

2023.5.1

他们在画里安放心灵
——观衢州余东村画展随感

1

他们手里捧着绿色田野和四季
他们在画里安放心灵
苗乐园，锁呐声声清脆
农民画有本有源，有根有底

未来乡村新画卷
山海携手，东西协作
同迈致富路，共画同心圆
破茧而出的悸动，跃然心间的共鸣

2

轻倚四季门扉，揽梅香莲韵成篇
让一段段过往将岁月描摹

这里的文化，犹如一棵棵树
枝繁叶茂，最终以根脉方式
向时空拓展，抵达艺术深处

这里的色彩和未来站在一起
大多数时间会邀请水稻民宿

走进画中

在季节里，我必须弯下腰
用画笔把诗和远方一行行
描绘成行走的韵脚

3

文化也是增长点、生产力
这里的农民都是张择端
各自勾画心中的清明上河图

画出三味：乡土味、乡亲味、乡愁味
罗汉山下800多人的村庄300多人会画画
把日常绘成画，把画画成琐碎的日常

从种庄稼到种文化
从种文化到“众文化”
富了口袋又到富了脑袋

钱塘诗路，余东画村
硬朗不羁的画风
漫向小巷、青石、灰墙和黑瓦

白天拿锄头，晚上拿笔头
卧室当画室，门板当画板
屋檐下熠熠生辉的光影

映照着春夏秋冬的过往

天空它是他们的倾诉者
大地是他们着色的画板

“三牛”精神是其内核
生产之乐，生态之美和着乡村振兴号角
用艺术点亮乡村

4

江南代有才人出，烟雨踏寻余东村
佳期寻梦江南雨，一川烟絮绕青城
全村共绘制了 567 幅不同的墙画

墙上的农民画与青山绿水相映成趣
一溪烟水映着晴翠山峦的云霓
两岸的人家画檐连着画檐

一片榆树映在水中与安宁闲淡
看雏鹰往来翻飞舞姿翩翩
香风透出珠帘在岸边弥漫

余东永远是接纳落日的地方
垫起脚尖就能碰触一个果实的饱满
和它骄傲的雄心

5

余东农民赞美火热生活
写出乡土味的诗歌，土地是诗意的
叶是鲜活的，呼吸在乡间

绘画也许不曾带来物质上的变化
但能唤醒生命中的微光，在微光中
触摸到人性的真善美

让你突如其来的喜欢，一见如故的热爱
始料未及的遇见，老宅是看得见的乡愁
留住老宅，也就留住了乡村肌理

留住老宅，也留下乡村风光和生活场景
可开发衍生文创产品。南孔文创馆
对农民画的元素进行提炼和二次创作

并同商品结合，提高农民画的品牌力
和附加值。“一幅画”产业
200 多个“一米菜园”

注：“十大碗”联盟，“妈妈饼”“土灶头”“包子铺”“阳光面馆”余东村成功举办“最美厨娘大赛”，红烧土猪肉、农家生炒鸡、画乡橘皮酱等菜品入选余东村。

6
岁月余晖，总是落在昨日的花香小径
今日已被微风塞满了芬芳

陪你在旖旎的锦瑟里徜徉
曲径通幽的恍惚

那些红尘里的掬水留香
温暖了菲浅光阴的薄凉

不经意时回望，发现春光阑珊
落笔斜阳处，温暖还在流年心房

长长的巷，漫漫的走
握住被装饰过的青瓷

沿着岁月的韵脚曲线
裁缝成一袭春衫

相遇默契的灵魂
诠释生命的美丽

被春雨庞过的土地
伴着幽香淡雅气息

农民用用粗糙的大手
温婉的柔情去浇灌不羁灵魂

7

我煮一壶春光，听布谷鸟鸣唱
赏花朵烂漫，听琴声悠扬

我煮一壶春光，闻鸟语花香
回味岁月沧桑，不再为碎银几两而奔忙

让柴米油盐的幸福
洋溢在画布中的美好

拥四月入怀
我听见花枝满丫的声音

拥余东灵魂
看见满巷子的华丽

我想做你笔尖的一幅画吧
在长情里燃烧自己
在彩虹另一端绚丽绽放

2023.4.27

四月的春山

这一天，泪和纸灰飘起来
树间鸟鸣，抓一把春土，祭奠骨灰

这一天，细雨霏霏，绿草萋萋
沿途迷幻，阴阳穿越

这一天，神鬼默契，祭祀春山
愁肠百结，万分迷离

这一天
白蝴蝶，飞翔在思念的山岗
白柳絮，呼吸着敬意的清风

这一天
父亲的天国，草木葱茏
母亲的世界，万物葳蕤
他们的那边，鸟鸣清脆

这一天
寄一朵哀思，抓一把杜鹃
人人心里下着小雨，充当春天的眼泪

这一天，春山上
晃动的纸钱，惊醒乱哄哄的红尘
返青的麦苗，掩饰不了内心慌乱

父亲的旱烟味，隐约在空中漂游
母亲呼儿之声，暖和着所有茶山

生锈的锄耙躲进角落
怂恿的杂草，沾满怀念的嫩汁

2023.4.5 清明节

三月的绿漾起来

惊雷炸绿初春的原野
无数生命使出洪荒之力
百鸟躁动在枝头
草木齐刷于大地
葱茏的世界透彻新奇

百鸟开始欢唱
油菜花穿上了迷你裙
布谷鸟深情演唱春光
人间来了一场灵魂觉醒

陌上杨柳方竞春，塘中鲫鲥早成荫
忽闻天公霹雳声，禽兽虫豸倒乾坤
妇女们开始了一场场热闹的聚会
虫子开始从窄缝里窥探处面世界

桃花用我的爱奏响了春天的节拍
采茶将成了她们约会的最佳场所
新康村酒寄千程，佳果满前莫问名
惊蛰未闻雷出地，丰收有望看春耕

万物回春惊蛰日，效游踏青好时光

惊蛰唤醒祖国的春天
三月的澄源，让绿漾起来
万物复苏，万物可期

2023.3.7

春风，启动生命的轮回

（一）
燕子斜飞，春水泡冒
听不到野兽，可以去听猫头鹰
枝头鸟鸣，冰河开裂
春天的热线响成一片
春天的四轮马车在故乡奔驰
坐上高铁去看充满生机的故土

蚂蚁运送着甜　风运送着种子
旧巢修缮　绿叶纳新租客
布谷的叫声婉转
声调充满了流动光影
红色锦鸡往返于灌丛
它们是命运的幸存者

（二）
唯有死亡才能孕育
这焕然一新的季节
死亡过的小草和刚诞生的昆虫
正在演绎生命的过程

小河如蜂蜜在地平线上闪着光

天空中飞翔着香气的胚芽
把春天画成初恋的样子
春风是你的语言
春雨是你的柔情
春事是你的愿景
让我们回到田野间去
高铁穿越春风呼啸的大地

（三）
春天是一部诗歌总集
它把田间地头写成山水田园诗
把旷野里行走的人写成边塞诗
把河边捶衣少妇写成才子闲适诗
抒怀议论叙事全部收集到它的扉页中
他们的生活
他们经历的沧桑
在追光灯下轮番上演

春天来了
春天，驾着十万个火车头
辗过国家歌剧院
也辗过万里长城

辗过黄河
让它发出愤怒的涛声
让我们回到田野间去
回到旷野中去
回到无数齿轮的转动中去

回到春种一粒粟，秋收万颗籽
回到手挥锄头，脚踩厚地
敢叫日月换新天时代中

结局未定，我们
仍有经历奇迹的权利
春风，启动生命的轮回
一切将会　重新开始

2023.3.1

用新鲜词，拥抱兔年的阳光
——岁末年初感言

“核酸时代”完结，“新冠病毒”纠缠
空气有酒精气息，日子有口罩味道
2022，你流过泪
但始终骄傲地矗立

岁月摧残了我们容颜
却坚韧一颗年轻的心
时光会见证你的茁壮
上帝将酬劳你的付出

人生需要情怀。对我们而言
细节不过是教书育人，作诗旅行
2023，依然对梦想不太确定
但内心有着某种火焰

冰破见游鱼，春近千虫醒
岁晚迎祥兔，荒芜变缘洲
壬寅去，怅惘徒增华发
癸卯至，倏忽驰荡宇寰

用微笑去与苦难和解

岁月会稀释你的忧伤
华年不会停下你的快乐

用新鲜词，爱上兔年阳光
做一只飞翔在黎明的候鸟
步履铿锵，青春雁行如诗

2022.12.31

春风已吻上了我的诗笺

（一）

从春天出发
每一个细胞都已苏醒
每一根神经都被触碰

你知晓了玫瑰的心事
玫瑰也懂得了你的情怀
额头上的每一条皱纹暴露存在

站在春的路口，等你君临天下
你来，我的世界春暖花开
你在，我的江山旖旎如画

杏子梢头香蕾破
让心灵走出书斋贴近大地
让眼睛青睐美好亲吻蓝天

淡红褪白胭脂涴
将烟火生活，氤氲成一幅画
将爱相随，暖缱绻成一帘梦

（二）

在三千年前的诗经里
隔着一岸蒹葭苍苍
兰舟笙歌，等你来

在小园蹊径的脚脚韵韵里
在花间小令的仄仄平平里
暗香疏影，等你来

沿着十里荷塘
乘着月色
抵达到我的梦中

赶着一群白马
载着一车一车的雨水
淋湿了梦里的河流

蜂蝶的热吻别上几枚发卡
春风邀你曼舞跳出千姿
伸手拥抱挽住你的柔腰

破土的小草是那么害羞
心随花儿一起盛开着美
人同鸟儿一样密语情稠

故园芳草尽春色
一树一树的桃花
仿佛遇见另一个自己

（三）

花都烂漫无边景
风中的烟火绿得让人发愁
那多情的月色醉了眼眸

春风
你从我的血液中流过
我所有的记忆又都被你唤起

听飞花逐梦，看日光倾城
春天是一季养眼的盛宴
那丝丝春雨润育着生灵

泥土下，听到蚯蚓爬动的声音
草地上，山羊摆动着长胡须
咩咩地叫着，震动着我的灵魂

翻过春的羞涩与烂漫
红着脸儿写下爱你的誓言
融化我冰封一冬的血管

柳枝在妙曼地舞蹈
桃杏在绸缪一场花雨
蜂蝶在闻香啜蜜

鱼儿在水中唱歌
我在写一封情书给你
鸟儿在恋爱筑巢

（四）

去和李绅对话
春种一粒粟
秋收万颗籽

去与韩翃交心
春城无处不飞花
寒食东风御柳斜

去与屈原对话
去拜访范仲淹
然后淡泊，然后沉淀

记录下一路探索的脚印
让忧国忧民的文字蔓延
泼墨“为生民立命”的忠诚信念

2022.12.8

一朵疼痛的雪，滴下泪的诗行

雪，越下越紧，卧佛寺传来警钟
林冲因此走失……

风雪里披上袈裟
被茫茫大士、渺渺真人引渡
宝玉回到了青埂峰

仙女散花漫天白
夜幕巢寒鸦

才子解缙，雪里活埋
孙康囊萤映雪的才

苏武牧羊，北海就毡吃雪
抗联名将杨靖宇树皮吃出雪胸怀

孤独的雪，残酷的雪，光明的雪、伟大的雪
是转世的雨，是宇宙的如来

我构思一首写雪的命题诗

我构思一首写雪的命题诗
主题也许是，雪中送炭
也许是一世清白
也许是夜半听雪到客船

姑苏城外
也许是轮台东门送君
雪上空留天籁
一切以梦为马冲你而来
迷醉于你冷清的思想
犹如醉在美人怀

我来自雪原林海
邂逅白雪公主的灵魂
我来自白茫茫大地真干净的红楼
携带绛珠仙子咏絮才

无论是旷世才子解缙被雪活埋
还是宝钗金簪雪里埋
还是王熙凤凡鸟偏从末世来
都与雪有关

一个埋雪里
另一个雪中埋
一朵疼痛的雪
滴下不朽的诗才

2022.12.3

用我年轻酒窝，珍藏她的美

湛蓝的天空
镶嵌一轮燃烧的太阳
它如同我体内血管涌动

中国共产党
每每能绝处逢生，化险为夷
你注定是一名伟大的舵手

词语在赶路，火焰在奔跑
镰锤被致敬
井冈山红旗迎风飘扬

延安潦原之火
到窖洞里震烁
命运在赶路，光阴如织锦
浩瀚成一卷烟波文章

从开国大典震宇的宣言
到华表屹立的龙之图腾
从鸟巢燃起的奥运圣火到
从神舟十三、十四飞天筑梦

十三亿炎黄子孙
生命的图腾驭风驮起
我数天空的星星
就像数着春天的落英

我化着冬天飘飞的雪花
丰满信念的羽翼
二十大
你是我心中深情的那道光
胸中有大义，心里有人民
肩头有责任，笔下有乾坤

百年红船
从浴血复兴的民族胸腔中
破冰而出

用我年轻酒涡珍藏她的美
我用嫣红的唇亲吻他的脸
我用圆润臂膀拥抱她的身

大自然的律条是万物和谐
草木自由茁壮成长
动物自由森林奔跑
人类享受幸福时光
这个世界该存敬畏和悲悯情怀

2022.8.4

用一生的时光奔向故乡

（一）

茶林，那一排葱郁的柳杉
棵棵挺直腰杠，扛着一村的古老与芬芳
那是游子辨识故乡的方向标
那是人才辈出的风水林
那是乡村振兴的一道靓丽风景线

中间夹有两棵名贵树种红豆衫
小时候曾经爬上去採果子吃
甜甜滑滑又酸酸
红豆杉的果子成熟，犹如出嫁姑娘
睁开红眼睛，盯着娘家的心事
福兴寺里菩萨，依然笑容满面
庇佑着男少老少的万事大吉！

村头那口古井
被春风张开的喉咙一次次歌唱
天涯游子的乡愁，如一缕春风
从树边吹过，汇成一条思念之河

（二）

当阳光趟过岁月的门楣

当月亮成为青春的注脚
这里走出了北大、厦大、华东政法、福师大
人才济济、人杰地灵、物华天宝

所有的情结都会在庸常里上升
所有的郁闷将在虹霓灯前坚定
打开茶林内核，茶香与朱子文化
交织上演着，典雅与现代之多幕剧
这场大剧幕已经拉开
正缤纷呈现，眼花缭乱

朱子后裔村正诗意盎然，蓬勃筹划
茶林之茶将名正言顺，一吐芳香
那七座石拱桥依然焕发青春
那村边水车下的石臼，是否还在欢唱

（三）
我在人间贩卖诗意
只为收集老家固有情怀
当你兴致勃勃，赞美伟大祖国
我也想一往情深地述说故乡
更想内心丰满地走入闽北大地
行走在政和杨源富足源的泥土上

抚摸那里的每寸青草，每棵梨树
每棵杨梅树，双手合不拢的柳杉
陶醉在茶林荒野茶的香气中
投入那片柳杉的怀抱中

故乡，你怀中的果实
曾是我的母乳
你地里的番薯
曾是我的主食
你泥土里的土豆
曾经是我的最爱，至今仍是

故乡，我是吃了你的奶而被养育了的
你用你厚大的手掌把我抱在怀里
我敬你
爱你

（四）
茶林学校让我度过青涩小学
和蓬勃初中，那些敬业老师：
吴隆焕、余乃钿、李烈福、张步熙
周跃武、吴际腾、李家正等
学高为师，身正为范，令人感动
人生求学理想之梦，初次被点燃

如今我不安的精魂
一踏上故乡就心安魄定
考上政和一中、南平师专、福建师大
成长为一中高级教师，福建省作家
中华诗词会员，出专著四部
《红消香断》《诗和远方》
《生如夏花》《初心逐梦》

一路向前　牢记使命　青春焕光

（五）
那河里，我摸过无数次鱼
那山上，砍过无数次柴火
那羊肠小道上 也捕过老鼠
用老鼠管捕，童趣盎然，一生难忘
那河里抓过鱼，用鱼筒捕鱼 精彩
夜间到水田，鳅钳夹黄鳝和泥鳅

故乡河流声息，仍然为我们心跳
故乡炊烟袅袅，依旧是神之图腾
故乡母亲河，你洗濯万物的胸襟
拥我入怀，茁壮我成长
也成为发源中华文明之一
流进崭新时代

我向你，伟大的开端致敬
你是我的人生保姆
乡村振兴，人人有责
时不我待，踔厉笃行

（六）
“孤灯燃客梦，寒杵捣乡愁”
故乡是一首诗，诗歌是一只鸟
它忽略了天空，没留下痕迹
但它已经飞过
我喜欢你春风挽眉，唇间住花

心上坐着秋水，手执一卷桃花水响

故乡，我喜欢你是一首诗的样子
柳杉、红豆杉、火星岩、荒野茶
番薯、土豆、芦笋、构成意象
种烟、种吊瓜、采茶、种花菜
朱子后裔村愿景，构成最美意境

将来某个日子里
我正写一行烟水阔
写到日上花梢，写好小亭红畔
你便从我的笔尖走来

（七）

生命是反复修改和誊写的诗稿，
诗人用夜的语言，对大山诉说
用一双黑色眼睛在寻找着灵魂

玉米依然露出黄灿灿的笑脸
豆荚依旧爆裂出巨大声响
夜间品尝毛豆角淳朴的家乡味
早上枕一片悠闲，听鸟鸣

秋雨在我身上提取汗香
我终于醉倒在故乡的田间
让生我养我的故乡茶林
绽放出更美丽的花朵

与来世一朵莲花商量
一生的时间奔向故乡
借新鲜的自来水，煮好清香的羊肉
为你反弹一次今夜醉酒的琵琶
为乡村经济振兴，文化雄起
贡献出才华、智慧、力量

2022.8.3

回望，岁月与思想汇成长河

把岁月的侮辱改造成
一树树梨花　盛开
一池池荷宴　开张

在稠岭
你的扇子是风的骨头
你的影子是水的风光

在大岭
她的秀发，她的披肩
落满鲜花

大蛙岩
与其在狮峰上展览千年
不如在天村温柔听风一晚

她是大自然一个鸽巢
诗人用蠕虫做成丝裙

一首诗是一片繁星
诗人看世界，男人看女人

诗歌是诗人创造的大自然
诗是稠岭半山缘的总和

得到诗歌是偶然的：意外横财
掩埋一位少年的孤独和无限向往

春风三千里，我只爱一瓣向日葵
丝绸五万卷，我只要一碗天村月光

此刻，我把石圳洗得恢复典雅
我在松溪梅口变成一头狮子
抑或一匹北方狼

我采撷一缕雨水抹在心中
把两滴眼泪作为我抚摸情人的手掌

我在人间贩卖黄昏
只为收集世间温柔去见你

2022.8.2

光阴的渡口，等一场雪

看一场落雪听禅
还原岁月最初的静好
左岸是烟波雪飘的尘世
右岸是蝴蝶清风的文字

上帝画出这洁白的雪花
也顺便画上了我们
每一朵雪花
来自人间的天使
与世无争
独敛一身月色潋滟

等一场雪落
倾听尘世素白的声音
等一个温暖的归人
日月星辰皆会温柔
一袭红衣居然在这浩瀚的白
站成这世界的绝色

风从路边树缝里钻出来
像频临崩溃的怨妇
把铺了一地的思念卷起

和雪花一同装进行囊
捎回这白色想念的泪滴
冰雪下的废墟里

分明还有铁蹄铮铮
战马的嘶鸣声

2019.12.15

清明，灵魂最痛的针

清明是枚特种邮票
能让生死亘古对话

清明是无数归魂随风飘起时
飞天的鸟翅也载不起凝重相思……

背上行囊，就是过客
放下包袱，就找到了故乡

满坡的野草，牵肠一样疯长
墓碑站着，露出嶙峋骨骼

用眼里的水，种出白云
祭词走过的道路上，生与死都已变老

生命来来往往，却并不方长
把握当下，才是对逝者最大的祭奠

愿离去的人安息，愿生者节哀保重
斟一杯薄酒敬故人，书一阙思念敬远方

清明节，我们去祭念祖先

那是在连根养命、追思慎远

一滴泪，是世上最深的海
一份情，是灵魂最痛的针

青烟缕缕，飘荡着对祖先的悼念
清酒一杯 盛满了对亲人的思念

飘落的花瓣铺满哀思的长河
但你一定要醒来，看我为你写的诗句

还未到终章
你给后代留下一颗炽热的火种

祭奠，不看虚构天空，只续人间香火
把死还给生，我们的世界岁月静好

从母亲麦地里借一支春天

端起祭奠的清酒
献上一束菊花与百合
掬一捧四月的阳光
祈祷，长眠中的安宁

从母亲麦地里借一支春天
挂在清明雨纷纷的天空
把四月的惆怅写完
让一些泪和纸飘起来

我把春天掏出一个坑
把他摁进春天的腹腔
一些初糙的东西
正在磨短那些思念

将春天移民到一首诗里
春天正排演一台石榴裙舞剧
踩响了满地的碎银
烧红了遍岭的杜鹃
追思你的峥嵘
铭记你的殊荣

我问天空：白云之上可是天堂?
天空回答：
气清景明，惠风和畅
熹光明媚，慎终追远

我问山川：土地之下是否温暖
山川答案：
苍天落泪，松柏动情
先拜故人，再赏春光

举家团圆，惜取当下
桃蕾羞涩，馨香冷艳
悠着接受无常与别离
学着厚待每一个朝夕

春光太短，来不及惆怅
思念悠长，足以跨越山河
冷月凄然，满载我千古情殇
从母亲麦地里借一捧春光

2022.4.5（清明节）

春天的芭蕾

动物走出时间之渊
是为了让岁月庄严
桃花鲜妍绽放
是为了摇醒晨钟暮鼓

每次缱绻后的流泪
都是演绎梅雪爱情坚贞
春天生一位舞蹈家
跳着芭蕾，轻盈而至

大地从梦幻中醒来，开出花卉
雪人扭动身子已减了肥
冬奥会上竞秀“冰上芭蕾”
天使般的脸孔，绽放无悔青春
投进深井的吻不必复苏
春天就要回到李家庄

年被光阴吹走了
春风张着嘴，追赶梅的粉蕊
春天的大巴，辗过我的心脏
路人积攒力量，告别冬的颓废

牛羊开始咀嚼春天
手绘的爱情正在花事里拔节
所有活过冬天的万物
会带来复活的力量
菩萨的脚上堆满泥土
头顶的光环沐浴万里春晖
躲在云里不如走向原野
播撒耕耘
搁下李白捞上的月亮，告别西施
与花木兰身上的体香

春，在每棵树枝发个牙
在每朵花中唱一首歌
把种子撒问溪流
溪流荡着青蛙的鸣唱
把种子撒向草地
草地飘出蟋蟀的琴心
爱选择再次出发
抵达玫瑰花的人间
尽管百鸟劳顿
羽翼上还残留昨日积雪

2022.2.17

有一种世界叫佛子山

有一种飘渺世界
全是浮尘，薄雾
没有鸟声霞光
仙姑在此梳妆
恋人相思成灾
日月记载着爱情故事
春秋丈量着细水长河
看不见蒲公英梦的流浪
闻不见万物口述生命

有一种神奇世界
全是弥勒，仙妃
妖孽般开放的杜鹃花
花在诵它的千年经卷
虫儿低吟一生的禅曲
一尾鱼在脚下悠闲游弋
头顶空荡荡，星星落下轻语

有一种色彩世界
将浮云读作归雁
把抽象意义的花蕊
装进行囊，把蓝天河流

和村庄留给酣睡的稻草人
香水味，在八月的清晨褪色
故乡的跳蚤早已陌生我的乳名

有一种世界叫佛子山
把影子留在美丽天村
把月光披在铜色蛙岩
狮峰随冬 刺倦夏的天空
红豆杉储存千年的阳光
这是一个生长诗歌与爱的世界
也是一个躲避阴谋与暗杀的梨园

2019.8.17

春天从很远的地方赶来

剪去思想枯枝，花朵化成天使
燕子用剪刀，裁出自然新衣
春天开满典雅的意象
花之仙草之灵，汇成春的意境

春天从很远的地方赶来了
在草纸上倾斜地分行
万朵桃花迎面扑来
一颗心在春天喊出的幸福

双手握不住活蹦乱跳的律味
彩笔写不出唐诗宋词的韵脚
我的诗歌正迫不及待地要冲出门
被欲望的子弹击中了

我在春风中肥养一条龙
通过自己的影子看到光芒
用细雨捆绑灵魂
轻轻放进大地的箩筐

春风染绿江南
我们收获新枝叶的牧笛

路旁已挂满油菜花油画
我们与金黄在人间共呼吸

千年阳光被春眉扬起
信仰在明亮的眸眼接力
平仄的春风，奏响乡村振兴的和音
我要诗写一个伟大的词汇

把满坡的杜鹃花都开给你
每枚绿叶都有心痛的筋脉
每一个象形字都是你的靠山
春有信：一页寄桃，一页寄水

无情的归人，替一枝瘦梅伤悲
春天的诗已被春天写满
每天都能摸到最开阔的地平线
万花朝拜一个叫做春天的施主

2022.3.22

有一种春天，叫油菜花开

置身政和大红田野
心灵灌满油菜花味道
深切感受：有一种春天
叫做油菜花开

诗歌就象种子一样
也在平仄韵脚中潜滋暗长
踏青的恋人，享受足额的爱情
美而不妖，艳而不冷

油菜花开遍地金，鹁鸪声里又春深
吻一吻阳光，就会发出春的声音
目光锁住田间，爱情锁住了涟漪
我们不曾在春天里反悔

凌寒几经霜，沐春万里黄
斜阳金满眼，骨粹仔犹香
赤子之心破荒芜之相
春风十里，不如油菜花地里等你

2022.3.17

原来爱情是一本本厚厚的诗集

揉碎昨夜遗留下来的梦境
用金银花藤线装你的日记

一朵一朵的芬芳把我的脚印点燃
把所有的沧桑踩成粉末，让春风吹走

用金银花藤线装一阵阵春风
线装一页页婚房打开的青山

突然想写一首诗
大概对一个少女的思念

你留下来的一根头发
是我唯一能弹奏的琴弦

原来
爱情是一本本厚厚的诗集

堆在书柜的底层，不让我们
轻易找到唯美的意境

2022.3.15

把诗写得像梦一样可靠

我是你所在的时间
你是我最后一首诗

眼睛与眼睛的渴望
让深情无语缱绻

作为一个诗人
我艰难而忧郁地活着

我感恩这个时代
看一朵朵文字花开

在语言的深宫里
我的锋刃光芒四射

我期待着属于我的
一阵远去了的马蹄

一切破碎的就破碎
只剩下完整的你的心

没有一只鸟的命运是

因为互相模仿

雄鸟被错杀
雌鸟被错爱

牛如果开口说话
一定会说我爱你

把诗写得像梦一样可靠
国家一样严肃的目光

2021.2.14

江河绕弯，流淌着永世的不舍

河流总想爬上悬崖
任由日子，迷失方向

赐婚黑暗的人迎娶朵朵金菊
太阳女儿繁衍更多的光明

这是一条需要诗歌普照的流亡之路
一千个理由去恨不如一个理由去爱

心窝窝里掏出旧年的滚烫
时间已在身体里抛弃暗疾

河流绕弯，流淌着永世的不舍
秋风举刀，斩落一首乱世之作

2022.1.5

一朵白精灵，举起智慧之光

张家口云顶滑雪的惬意
延庆高山滑雪之快感
宽阔的现实，蓝色的呼吸

飞翔的雪橇，驰骋着人类命运
赶路的春风，嫁接祥和
白雪公主，从花蕊中醒来

冰心播撒着友爱阳光
冰壶浓情演绎雪如意
京张纯银打造的天籁

一朵雪花来自塞上，拷问灵魂
竞技的力量，会破茧遇光
人类的梦想之都向世界开放

雪蝴蝶舞出个春潮滚滚
古老的东方点燃奥林匹克之梦

中国虎年以光的速度，雪的燃情
大放异彩，为八方来客构筑
人类命运共同体的曙光

火炬插亮华夏光芒
冰墩镕铸冬奥荣光
北京凝聚全球目光

烂漫为序章
冬与春相恋，雪花与鲜花携手
一朵白精灵，举起智慧光芒

2022.2.5

我想轻轻抚摸这个世界又怕触及它的灵魂

我想轻轻抚摸这个世界
又怕触及它的灵魂
面对
这人世间，再也不敢吭声
感谢自己濒临绝境
却还有一颗不死之心

上帝这次
终于眷顾他，生的
是个男孩。后来
他老婆的肚子不小心
打过几回，却被一把刀
神秘地割掉了

不要让光环压得你喘不过气
你不是救世主，也并非上帝
你的名字镌刻在历史的功劳薄上
你的灵魂划破了孩子纯净的天际

老师，不要苛求所有学生都品学兼优
通过您的努力，孩子每一点进步可喜
不必苛求每一名学生都随你心意

拥有灵魂的个体，他也渴望自由呼吸

面对你面前的孩子，你只需做到尽心尽力
既然不能成为鲜花，绿叶不也同样美丽
愉快地走上讲台
开始原谅捣蛋与顽皮

站在讲台慢慢地老去
站在手中的粉笔越来缩短距离
阳光洒满孩子的笑脸
幸福却荡漾在我的心里

2022.3.9

红梅给白雪献上红唇

坐上动车，去看美丽的中国
时间连灰烬都不会留下
她爱他所有的当初
在爱的男人身上，找到父亲

手机里的菩萨
梦里喊出我的小名
灰烬知道火焰的颤栗
诗人知道灰烬的绝望

在明与暗、生与死之际
献出友与仇、人与兽
把日子和日子混合起来
不知不觉地使生命圆满

百年磕绊替我说出
心中的痛
最冷的冬，送来最温的暖
最暗的夜，送来最亮的光

用心去敲击灵魂的钟
让耳朵和是非一起冬眠

沉默只为凝聚力量
诗歌寻找玫瑰的芬芳

用诗的圣火点亮生活的烈焰
寻找黑色的生命密码
院子里的雪悄悄来过了
并邂逅上个世纪的夜莺

风霜千百次肆虐
春天还是探出鹅黄的嫩芽
花朵把春天揽进怀抱
让痛苦自杀，我完好无损

堂吉诃德，和风车作对
我可以在词语里泡温泉
虎年的春天正在敲门
红梅给白雪献上红唇

2022.1.22

吹响春天的集结号

集合所有的绿叶所有的花朵
所有的善良所有的美好
饱受苦难的家国多么需要一场

蓬勃的春雷
让雷的激荡雷的劲舞
击垮肆虐得太久的冬魔
万众一心抗疫情
同舟共济为打赢

一片又一片叶子的抵达
春天的一切都在路上
伴着冬日暖阳成长
日子终究无法安分下去

也许有一片关于你的
因为春天不会轻易把你忘却
一条泥土筑成的青草小径
始终牵引着归途的蔚蓝

春天，悬崖边一朵野花
是在做关于爱的陈述

每一粒草籽都心房翠绿
每一片嫩叶都面色红润

一棵棵酸枣树在绽放新绿
像是某种演奏开始
扛着窃取的厚密云朵
走在郊区的小路上

一个破败的人，还有很多空白
需要补上，另一个人的想念
手持大丽花的人艳俗
满面枝条的槐树告老还乡

不用去追那些留不住的脚步
总有一抹暖香，妥帖的
在年华的某个角落，在无涯的时光里
温暖你所有的寒凉
你的岁月若静好，又何必自扰
张开双臂，拥抱梦想
未来的一切都在路上

2022.3.10

附　录

李家宁入编诗词52首

1.《中秋》入编《每日一诗》（2023年卷）（谭五昌主编）

2.《故乡的那条河还没有苍老到死去》入编《2020中国年度优秀诗歌选》（罗晖主编）

3.《旷野之中　黄叶是最后一封求爱信》入编 2022 年《华语诗坛排行榜》(伊夫主编）

4.《北方与南方》入编《2022 中国年度优秀诗歌选》（罗晖主编）

5.《我在秋天读你》入编《留在村庄的名字——献给时代楷模孙丽美》(福建省文联、福建省作协、宁德市文联合编 海峡文艺出版社）

6.《凡是到过天村的人都沾满仙气》《在澄源 万物都有它诗性的一面》入编《大美东方——全国诗书画作品典藏(2023年卷 郑芳主编》

7.《水调歌头·企业振兴　迎接二十大》入选《诗颂新时代——全国职工诗词优秀作品集》

8.《党的女儿用佳绩迎接建党百年》《最漆黑的夜，睁开了东方最亮的眼睛》入编《当代中国诗人精品大观》（2021 卷）（王磊主编）

9.《朝圣佛子山》入编《新时代诗词美文博览》（2022 年卷）（郑芳主编）

10.《母亲身体里走出七个人》《岁月隔着一条时间的河》入编《当代中国诗书画印精品典藏》（2022 年卷）（郑芳主编）

11.《七律·井冈山》《七律·解放南京》《七律·人民即江山》《渔家傲·长征》《鹧鸪天·（伟长征程）观后》《浣溪沙·觉醒年代》入编《翰墨风华全国诗书画精品选》（2021 年卷）（郑芳主编）

12.《卜算子·中国女足赞》

《喝火令·冰雪追梦人》

《沁园春·北京冬奥会开幕》

《卜算子·奥运会开幕式——步周文彰《卜算子·一起向未来》韵《鹧鸪天·冬奥冰雪情》等五首入编《当代中国诗人精品大观》（2022 年卷）（郑芳主编）

13.《满江红·精忠报国》《七律·立春》《七律·2023 春节抒怀》《七律·兔年感怀》《鹧鸪天·兔年寄赋》等五首入编《当代中国诗人精品大观》（2023 年卷）（郑芳主编）

14.《共和国旗帜上，有你写下的风采》入编《全国诗书画精品选集》（瑯琊杯）（万松主编）（2020.12）

15.《沁园春·政和一中赞》《沁园春·庆国庆迎二十大》《水调歌头·步苏轼（明月几时有）韵》《卜算子·步周文彰会长（钱塘江诗词展示馆）韵》《水调歌头·梧州咏怀》等五首入编《翰墨风华全国诗书画精品选》（2022 年卷）（郑芳主编）

16.《父亲也写一首诗》《母亲在春天里年轻了一回》入编《中国当代诗歌年鉴》。

17.《父亲已长成故乡的另一地名》《母亲在春天里年轻一回》《妈妈你一生没见过金银》入编《中国诗歌学会 2023 年度诗选》。

18.《秋天的模样》《总要去一趟开封》《絮状的白云路过人间》入编《北京诗人 2023》。

19.《把倒栽杉的意象背向远方》入编《2023 年度中国短诗精选》。

20.《一朵雪花翻墙而入与梅花缱绻》《母亲在春天里年轻了一回》入编《中国年度诗歌选》。

21.《父亲已长成故乡的另一地名》入编《2023 中国年度诗歌大展》。

22.《你像苍穹　盛开浩月在天际》《父亲已长成故乡的另一地名》》入编《2023 中国诗歌年选•小诗卷》

23.《秋天的模样》《遗梦西塘》《父亲已长成故乡另一地名》入编《宁川诗刊》

24.《水调歌头・小松乡村建设剪影》入编《诗词大闽江》福建省政协文史和学习委员会　福建省诗词学会合编

24.《七律・漳州金峰廊桥写意》入编《诗词大乌江》福建省政协文史和学习委员会　福建省诗词学会合编

25.《水调歌头・.清明上河图》《七律・老君山记》荣获第七届中国诗歌节主题征文展示(第一辑)

26位中国作协会员（或名家）对李家宁诗歌的点评

——即名家对家宁诗集《初心逐梦》《生如夏花》《诗和远方》《穿越时间的雪》和文学评论《红消香断》的评价：

1.家宁《初心逐梦》301首，每首都展示一个丰富世界，如同阳光和水浸透生命，滋养读者情感。家宁的诗正像一根拐杖，让情绪低迷的人走出困顿。(福建省南平市作协主席王松雄)

2.家宁情怀够伟大的，他的诗作之根，深扎在社会与历史土壤里，情感踏浪在时代的潮流上。一颗与秋果一样饱满的爱国赤诚之心，华夏诗人代代相传的血脉，流淌在他的诗行中。他还衷情于诗词歌赋，倾心《离骚》与《红楼梦》，他的诗“功究于古典之脉，心怀国之大者，根扎一片热土。《初心逐梦》显现了一个好诗人的潜质。”

(福建省宁德市作协主席、中国作协会员禾源《10天的抵达——贺家宁《初心逐梦》出版)

3.“用真诚歌颂家乡故土，用善良咏赞烟火人间。用美好吟就动人诗篇。”

谨此祝家宁兄《生如夏花》诗集出版。（中国作协会员、福建省龙岩市作协主席刘少雄）

4.“李家宁的诗新旧体兼备，既有深沉的家国情怀抒写，也有细腻的个体生命经验表达，体现了作者对于时代的独特思考，对于世界的丰富想象。（福建师范大学伍明春教授给李家宁《生如夏花》题词。）

5.“诗书本无家，勤奋入高雅。春蚕丝未尽，杏坛已飞花”——中国作协会员张建光《贺家宁(诗和远方)出版》。

“眼前既是繁花似锦，他却执意诗和远方。”中国作协会员张建光贺家宁《生如夏花》出版。

2022.2.25

6.家宁的诗歌如长春藤，愈发葱郁，生机勃勃！（李龙年，中国作协会员，南平市原作协主席）

7.贺家宁《生如夏花》付梓

君乃吾知旧，分题未敢推。

欣闻丹夏韵，细品远方诗。

夜静更深处，红消漏断时。

稔成吟集再，苦乐意孜孜。

（陈建舜，中国书法家协会会员、中华诗词学会会员、莆田市人大常委会秘书长）

8.李家宁辛勤耕耘，夏花如此烂漫可爱！读他的诗，如归故里，如沐春风。童心不灭，真心未泯，诗心永在！

（陈晓明，北京大学中文系主任　教授）

9.家宁很勤奋，所学涉猎也广。作为诗歌或文学的最基本最重要的元素——语言，你是相当不错的。我写不出你这么优美的诗句。今天，还有人用了这么多时间，这样的心境去写出这么好的诗句，是令人尊敬的。

（王宏甲，中国作协会员、中国作协报告文学委员会副主任）

10.江苏红楼学会原副会长、《红楼文苑》顾问朱永奎对李家宁感悟红楼著书立说撰联：

“传经布道堪称后生表率，奋笔书怀善解曹雪文心。”

11.北京大学汤大华教授评价李家宁：“伴青灯而清吟，揽明月而长啸”；“千年古县文脉的一缕相袭”。

12.中国散文学会会员、福建省作协会员、建阳弘贤书院王小艾院长在《阅读李家宁》一文中说：“李家宁的诗词歌赋非同凡响，读来令人荡气回肠……特别是他写廖俊波同志的诗歌，如“风吟祭语山河泣，羽化登仙斩乱魔。”“青山绿水寄情浓，宿夜忧心总在公。桃李不言蹊下过、俊波书记建丰功。”“二十几首，首首感人至深，深深震撼心灵，他的诗心装满大爱。”

13.著名诗人俞心樵对李家宁的评价是:“当代诗人不少，像李家宁这样勤于写作并且多有结集出版因而产生了全国性影响的诗人并不多见；家宁出版过一本红楼专著，这几乎是政和这个“小地方”百年一遇的精神现象。”“政和应该感谢像李家宁这样的诗人，至少家宁为政和山水知名度的扩张与旅游品牌的提升作出了不可替代的作用。”

14.政和县委书记黄爱华的题词：谢谢家宁老师，写廖俊波书记很好，写政和山水很好，你很用心。为了政和，大家一起都要努力！

15.南平市文联主席陈明艳评价家宁：文字这样一件劳心费神的事，我却在家宁老师这里感受到一份深沉的爱恋。祝贺家宁老师，祝福美丽政和！

16.中国音乐协会会员宋玉文的点评：他用博大的爱国情怀、深沉的感情赞美祖国的海河山川。在家宁老师走过的山水风光中，那些奇峰俊岭、烂漫山花透过他的思绪万千，变为另一种立体的意境美里可见给我们。他只要走出去，就会带回来诗句！

17.武夷学院副院长张大烛的赠家宁《诗和远方》藏头诗：

“诗意人生文笔妙，和谐社会赋辞篇。

远山常念家园事，方去来兮梦幻仙。”

18.南平市作协主席王松雄赠家宁《诗和远方》题诗：

“遍栽桃李醉芳林，香断红楼觅知音。

何日移情风月处，漫向山水借诗心。”

19.中国楹联学会会员陈学樑的“渔家傲·题家宁《诗和远方》”：“……一卷鸿辞多丽藻，笔耕勤者闻鸡早。才气星溪称佼佼，天未老，雪芹共与吟诗道。”

20.中华诗词学会会员、中华诗词文化研究会研究员张则钦老师的题词：

七律·题李家宁老师《诗和远方》

吾乡学者李家宁，一代文章一代星。

解密红楼都赞好，赋成洛水总伤情。

传薪漫道良师苦，培育人才俊秀行。

唯有故乡山水好，漫游处处动诗兴。

21.贺李家宁诗集《生如夏花》付梓

一束夏花开灿烂，高珠培育勤浇灌。

家宁走在李桃中，要与春光长结伴。

（宋彩霞，中国作协会员，《中华诗词》杂志副主编）

22.贺家宁兄《穿越时间的雪》大作出版

家山入梦情难了，梅雪成诗气自宁。

（林峰，中华诗词学会常务副会长《中华诗词》杂志社常务副主编）

23.读《穿越时间的雪》赠李家宁

人生行迹有无中，来似飞鸿去似风。

把梦装订成一册，让它穿越四维空。

（刘庆霖，中华诗词学会副会长《中华诗词》杂志社社长）

24.“家宁先生的诗，走的是清新浅白的路子，以真挚情感抒写为主，借用传统意象表现，创造性地抒怀引起人们的共鸣与欣赏。不失为这个时代最简约真诚的表达。”

（石华鹏，《福建文学》常务副主编）

25.诗工人帅意犹深，古巷香樟入美文。

谁记熊城寒暑景，家宁除却更何人。

（杨建华，南开大学博士）

26.家宁诗集《穿越时间的雪》是他近年来创作的一个亮点。收录的作品有 217 首曾在各种报刊上发表。他的诗歌带有浓郁的情感色彩，用简洁而富有力量的语言，描绘美好与哀愁。读者可以感受到作者对生命的尊重和对日常生活的洞察。李家宁创作颇丰，体现了他对文学的热爱和坚持。

（杨克，中国诗歌学会会长中国作家协会主席团委员　一级作家）

会当凌绝顶　一览众山小

——李家宁全国诗词赛获奖25次

1.作品《致敬钟南山》荣获《中华诗词》杂志社举办的2020年“第17届中华诗词金秋笔会”优秀奖。

2.作品《鹧鸪天·（伟大征程）观后》荣获《中华诗词》杂志社举办的2021年“第18届中华诗词金秋笔会”优秀奖。

3.作品《七律·神奇张家界》荣获《中华诗词》杂志社举办的2022年“第19届中华诗词金秋笔会”优秀奖。

4.作品《沁园春·登长城壮怀赋》荣获第20届《中华诗词》金秋笔会(北京顺义）优秀奖。（2023.10.27于北京）

5.诗作《七律·逍遥向晚》在《诗刊》社、《中华辞赋》联合举办的2022“人生可宽窄，诗意任西东”全国诗歌大赛中，荣获“优秀作品奖”（人气排名全国第四）。

6.作品《水调歌头·振兴青州 迎接二十大》荣获2023“清照杯”全国诗词大奖赛优秀奖。

7.作品《党的女儿　用佳绩迎接建党百年》荣获全国第四届百家诗会一等奖。

8.现代诗《暗恋武夷山》在中国散文网举办的2022年“最美中国”当代诗歌散文大赛中，荣获一等奖。

9.现代诗《母亲身体里走出七个人》在2022年“国都杯”全国诗书画印交流大赛评比中荣获金奖。

10.作品《七律·井冈山》荣获2021年“翰墨风华”全国诗书画大奖赛一等奖!

11.现代诗《朝圣佛子山》在中国百家文化网举办的2022年“风雅杯”新时代诗词美文笔会中，荣获一等奖。被授予“中华风雅杰出文艺家”荣誉称号

12.作品《七律·辛亥革命110周年感赋》在2021年“四海杯”海内外诗联书画邀请赛评选中获金奖。

13.作品《沁园春·政和一中》（外四首）荣获 2022 年“翰墨风华”全国诗书画大奖赛一等奖!并被授予“中华传统文化践行者”。

14.2022 年五月，作品《喝火令·冰雪追梦人》（外五首）在“雅集京华·诗会百家”全国第五届百家诗会评选中荣获一等奖!

15.作品《满江红·精忠报国》在“雅集京华·诗会百家”全国第六届百家诗会评选中荣获一等奖。

16.作品《凡是到过天村的人　都沾满仙气》在“大美东方”首届全国诗书画作品大赛评选中荣获金奖。

17.作品《七律·伟大复兴》在 2022 年“四海杯”海内外诗联书画邀请赛评选中荣获金奖。

18.获评“2022 年度南平市作协文学公众号作品阅读推广”先进个人。

19.作品《纪念毛泽东诞辰 130 周年》（外 21 首）荣获纪念毛泽东诞辰 130 周年全国诗词大赛一等奖。并被组委会特授予“全国优秀诗词作者”光荣称号。

20.作品《天地风流颂陈峭》（外五首）荣获第二届“我为家乡写首诗”全国诗词大赛金奖。并被组委会授予“全国优秀乡土诗人”荣誉称号。（2023.8.30）

21.作品《水调歌头.星溪书院》荣获 2023 年“风雅杯”新时代诗词美文笔会一等奖。

22.作品《情驻八达岭》荣获第二届“晋唐杯”全国诗书画家制作赛一等奖。（2023.9.1）

23.作品《水调歌头·清明上河图》《七律·老君山记》荣获第七届中国诗歌节优秀奖。

24.作品《水调歌头·企业振兴　迎接二十大》荣获《诗颂新时代》——全国职工诗词优秀作品集（奖）。

25.作品《遗梦西塘》《偶遇乌镇》荣获中国散文网举办的第三届“三亚杯”全国文学大赛金奖。

作者（右）与《中华诗词》杂志社刘庆霖社长合影

作者（右）与与中国作协会员、第四届南平市政协张建光主席合影

作者（右）与中华诗词学会林峰常务副会长合影

迎参加2023北京顺义花水湾金秋笔
第二十届中华诗词北京金秋笔会

第二届浙皖闽赣四省边际文学周

第20届《中华诗词》北京顺义花水湾金秋笔会合影

开幕会场：长沙麓山宾馆湘江会议厅　时间：2023年6月27日